내 눈에 거슬리는 모든 것은 내 안에도 있다

1판 1쇄 발행 2024년 3월 7일

지은이 오현아

교정 주현강 **편집** 김해진 **마케팅·지원** 김혜지

펴낸곳 (주)하움출판사 **펴낸이** 문현광

이메일 haum1000@naver.com **홈페이지** haum.kr

블로그 blog.naver.com/haum1007 **인스타** @haum1007

ISBN 979-11-6440-546-6 (13810)

내 눈에
거슬리는
모든 것은
내 안에도 있다

오현아

목차

> "당신이 되고자 하는 사람이 되기 위한 첫 단계는,
> 자신이 어떤 사람인지를 아는 것이다."
> -노먼 빈센트 필-

> "중요한 건 당신이 어떻게 시작했는가가 아니라
> 어떻게 끝내는가이다."
> -앤드류 매튜스-

> "자극과 반응 사이에는 공간이 있고 그 공간에는 자신의
> 반응을 선택할 자유가 있다. 그리고 우리의 반응에 성장
> 과 행복이 좌우된다."
> -빅터 프랭클-

저자의 말

2000년대 초반, 필자가 재직했던 조직은 매우 혼란스러웠다. 1997년 무렵 아시아 지역을 중심으로 발생했던 외환 유동성 위기를 한국도 피해 갈 수 없었다.

당시 대한민국에서 손가락 안에 꼽히던 대기업과 은행들이 무너지면서 대규모 실업, 대량의 부동산 매각, 금융 불안 등이 잇따랐고, 대한민국은 경제 위기로 어수선했다.

IMF 구제금융을 시작으로 이어지는 대규모 은행 간 인수 합병이 발생했고, 2000년 초반까지 이어졌다. 인수 합병은 자연스럽게 조직의 물리적, 화학적인 통합을 필요로 했고, 조직의 시스템뿐만 아니라 구성원들의 신뢰를 새롭게 구축해 조직을 새로운 방향으로 통합하고 변화를 이끌어 내야 하는 위기의 순간이었다. 본 책자는 당시 필자가 참여한 개인의 변화 촉진 프로그램을 다시 한번 떠올리며 재정리한 것이다. 많은 변화 프로그램이 있지만 조직 안에서 프로그램이 성공하기 위해서는 개개인 스스로가 자발적으로 변화하려는 Inside-out의 전환이 매우 중요하고, 이와 함께 조직의 시스템을 새롭게 구성하는 Outside-In 관점의 변화가 균형 있게 이루어져야 한다.

결국은 '사람'이다.

시작은 그렇게 출발한 프로그램이었지만 필자에게는 또 하나의 종교와 같은 삶의 나침반 역할을 해 준 너무나 소중한 내용들이다. 어느 것 하나도 버릴 수 없는 샘물 같은 지침이다. 오랜 시간이 흘렀지만 가치 있는 개념들을 함께 공유하고 또 남기고 싶어서 글을 쓰기 시작했다. 그때 당시 참고하며 읽어 내려갔던 도서들을 해묵은 책꽂이에서 다시 뽑아 먼지를 털어 내고 한 장 한 장 새기며 재독을 했다. 페이지마다 빛이 바래 노랗게 변색된 종이 책자들이 긴 시간이 흘렀음을 알려 주는 것 같았다. 덩달아 필자의 마음에도 하얀 형광등이 아닌 노란 백열등이 비추고 있다. 소중한 내용들을 다시 정리하면서 이십여 년 전 콘텐츠를 함께 다듬고 강의하던 동료들도 잠시 떠올릴 수 있었던 시간이었다. 본 책자의 내용이 전문가들의 시선에는 다소 거죽만 인용한 얕은 지식을 바탕으로 쓰인 글로 보일 수도 있다. 많은 참고 문헌을 탐독하긴 했지만 필자가 해당 분야의 전문가가 아니기에 깊은 양해를 구한다. 그저 일반인들이 쉽게 읽고 어느 것 하나라도 일상생활 속에서 체화를 통해 실천할 수 있었으면 하는 바람을 더 담았다.

지속적인 개인의 성장을 위해서, 타인과의 원만한 관계를 위해서, 조직에서 뛰어난 리더십을 발휘하기 위해서, 사회의 구성원으로서 공동체에 기여하기 위해서, 보다 근본적으로 가치 있는 삶을 살기 위해서는 먼저 나를 잘 알아야 한다. 그리고 나 자신을 스스로 돌아봐야 한다. 내 눈에 거슬리는 모든 것은 내 안에도 있다.

책의 마지막 문장에는 온점을 찍었지만 필자에게는 이제부터가 새로운 시작이다.

다리품을 팔며 가급적 많은 이와 내용을 공유하기 위해 시간을 할애할 예정이다.

이 글을 읽는 당신도 나와 함께 같은 공간에서 이야기를 나눌 수 있는 그분이 되기를 기대해 본다.

2024년 새해를 시작하며···.

프롤로그

이따금씩 살다가 힘에 부칠 때 떠올리는 스토리가 하나 있다. 우리는 생각의 한계를 만들어 더 이상 성장하지 못하는 경우가 많다. 이 이야기는 생각의 전환이 얼마나 다른 결과를 가져오는지, 불가능이라는 것을 가능하다고 믿는 그 믿음의 전염성이 얼마나 강한 힘을 가지고 있는지를 잘 보여 주는 이야기이다.

여러분은 가능과 불가능의 경계가 어디라고 생각하는가?

우리는 사회의 일반적인 통념을 기정사실로 받아들이는 경우가 너무 많다.

스포츠 중에서도 특히 육상은 그 신기록의 의미가 대단히 크다.

수천 년 동안 사람들은 인간이 1마일, 약 1,600미터를 4분 안에 돌파한다는 것은 불가능하다고 믿어 왔다. 사람들은 그것을 과학적으로 또 의학적으로 설명해 냈다.

인간은 선천적으로 1마일을 4분 안에 주파할 수 있을 만큼의 근육을 만들어 낼 수 없다는 것이 의학계의 설명이었다. 또한 이런 연구 결과를 내놓은 의사들은 설령, 인간이 만일 1마일을 4분 안에 주파할 수 있을 만큼의 근육을 만들 수 있다고 가정하더라도, 그 근육의 무게가 너무 무거워 달리기는커녕 일어설 수조차 없을 것이라고 단언했다. 그래서 절대 1마일을 4분 안에 주파할 수 없다는 사실을 공포했다.

이런 과학적인 연구 결과마저 확인되자 거의 모든 사람은 그 사실을 의심하지 않았다.

그런데 1954년 영국의 로저 배니스터라는 의사이자 육상 선수는 이런 불가능한 일이 실제로 불가능한 것이 아니라, 그저 관념 및 믿음에 지나지 않는다고 생각했다.

그래서 그가 맞서 싸워야 할 것은 4분 안에 1마일을 주파하는 것이 아니라 불가능이라는 편견을 깨는 것이 먼저라고 생각했다. 그래서 그는 불가능의 장벽을 깨기 위해 신체 훈련만 한 것이 아니라 마음속으로 4분 안에 1마일을 주파하는 감격의 순간을 꾸준히 상상하며 또 반복했다.

그는 스스로의 마음속에 확실한 믿음을 세웠다. 그리고 아주 강렬한 감정으로 4분의 장벽을 깨는 모습을 생생한 그림으로 만들고 마침내 3분 59초 4라는 세계 신기록을 세웠다. 그러자, 놀라운 일이 벌어졌다.

그전에는 누구에게도 4분의 벽이란 깰 수 없는 것이었지만 로저 배니스터가 그 기록을 깬 후 1년 내에 37명의 다른 육상 선수들이 그 기록을 깼다.

그리고 이듬해에는 300여 명의 선수가 그 기록을 경신하는 놀라운 일이 벌어졌다.

그리고 지금은 중거리 육상 선수라면 누구나 이 기록을 넘는다.

우리는 우리의 정신적인, 육체적인 한계를 스스로 만들고 있는 경우가 많다.

감히 도전할 엄두를 내지 못하기 때문에 자신의 능력으로 이룰 수 있는 일들을 이루지 못하고 살고 있는 것이다.

시인 로버트 브라우닝은 "사람은 손이 미치는 곳 이상으로 손을 뻗어야 한다. 그렇지 않으면 하늘이 왜 있겠는가?"라고 했다.

생각을 바꾸면 많은 일을 이룰 수 있다. 우리 개인의 변화도 우리가 어떻게 생각하고 행동하느냐에 따라 그 결과는 아마 상상할 수 없는 차이로 나타날 것이다.

편견에 관한 이야기는 또 있다.

한 소녀는 엄마가 프라이팬에 로스트비프를 요리할 때 항상 고기 네 모퉁이를 자르는 것을 보고 궁금해서 물어보았다.

"엄마 소고기 모퉁이는 왜 잘라요?"

그러자 엄마는 "할머니가 그렇게 하시는 걸 보고 배웠지. 궁금하면 할머니에게 한번 여쭈어보렴!" 하고 말했다.

그러자 궁금함을 풀기 위해 할머니에게 달려간 소녀는 다시 물었다.

같은 질문을 받은 할머니는 "글쎄, 나도 내 어머니가 그렇게 하는 걸 보고 배웠단다."라고 말했다. 다행히도 소녀의 증조할머니가 아직 살아 계셨기 때문에 소녀는 증조할머니를 찾아가서 다시 물어보았다.

"증조할머니, 할머니와 엄마가 로스트비프를 만들 때 소고기의 네 모퉁이를 자르셨다고 하던데, 왜 잘라요?"

그랬더니 증조할머니께서는 유쾌하게 웃으시면서 "오, 그거? 내가 너의 증조할아버지와 결혼했을 때, 우리는 매우 가난했었지. 그래서 우리는 작은 프라이팬밖에 살 수 없었어. 그래서 작은 프라이팬에 맞추기 위해 소고기를 자를 수밖에 없었단다."

여러분은 블라인드 스폿(Blind Spot)을 아는가? 흔히 운전 중인 도로의 사각지대를 블라인드 스폿이라고 하는데 여기에는 '맹점'이라는 의미도 있다. 심리적인 이유로 자신이 편향을 범하고 있는지를 깨닫지 못하는 것을 설명한다.

일상의 삶을 살면서 우리가 특별한 이유도 없이 보고 있지 못하고 있는 '맹점'은 없을까? 단순히 고기를 굽는 습관 정도로 가벼이 넘어갈 수 있는 것도 있지만 그러한 이유 없는 편향, 또는 편견이 우리 자신도 모르는 사이에 삶의 장애가 되고 있는 것은 아닐까?

앞으로 우리가 함께 생각하고 나눌 이야기들은 '나를 탐험하는 여정'에 도움을 주는 유용한 도구들에 대한 이야기다. 이 여정 내내 '맹점'은 관심의 끈을 유지해야 하는 개념이라고 할 수 있다.

그러면 이 여정에서 함께 만나게 될 내용들을 잠시 소개한다.

1장. 빙산 모델은 나의 행동 이면에 있는 나의 사고 및 감정, 그 아래 신념이나 가치관, 그 이면의 충족되거나, 충족되지 못한 욕구를 살펴봄으로써 나에 대해 생각하고 이해할 수 있는 개념이다.

2장. 성장과 전환에서는 우리는 어떻게 성장하고, 또 그것을 어떻게 지속해야 하는가에 대한 화두를 던져 보고자 한다.

3장. 창조적 대응 모델에서는 보다 긍정적인 삶을 살기 위해 나 스스로에게 질문을 던져 볼 수 있는, 나를 주인으로 만드는 순간에 대해 이야기하고 있다.

4장. 감성 능력(EQ)에서는 나의 또 하나의 부분인 감정을 어떻게 파악하고 관리할 것인가에 대해 이야기해 보고자 한다.

5장. 우수성과 마인드(High Performance Mind, HPM) 편에서는 나의 내면에 쌓인 스트레스를 어떻게 해소할 것인지, 나의 의식과 무의식을 스스로 조절할 수 있는 방법과 함께 실습도 해 볼 수 있는 Tip을 드리고자 한다.

이 모든 여정은 퍼즐과도 같다.

지금 말한 내용 하나하나가 대체 무엇인지 궁금하겠지만 인내심을 가지고 함께 따라와 준다면 이 여정이 끝날 즈음에는 한 조각, 한 조각의 퍼즐이 맞추어져 마침내 아주 멋지게 완성된 그림을 볼 수 있을 거라고 믿는다.

중요한 것은 나 스스로에 대한 마음을 열고 투명하게 나를 들여다볼 준비를 하는 것이다. 우리는 살아가면서 나 자신뿐만 아니라 타인에게 얼마나 많은 방패를 들고 살아가고 있는가! 방패를

드는 이유는 여러 가지가 있겠지만 무엇보다 두려움이라는 것에서 기인하는 것이 아닐까. 나 자신뿐만이 아니라 타인에게도 그만큼 투명하지 못한 나를 보일 수밖에 없다. 이제 나 자신을 한번 돌아보며 나는 현재 얼마나 크고 단단한 방패를 스스로 들고 있는지 생각해 보는 기회가 되기를 기대한다.

1장

빙산 모델

"당신이 되고자 하는 사람이 되기 위한 첫 단계는,

자신이 어떤 사람인지를 아는 것이다."

-노먼 빈센트 필-

나의 내면 들여다보기

앞서 이 여정은 나와 나의 내부 세계를 알아보고, 로저 배니스터의 이야기처럼 나의 성장과 발전을 저해하는 나의 잘못된 믿음, 제한적인 인식을 전환시키는 기회를 제공하는 출발이라고 했다. 나의 내면을 성찰하는 과정을 통해 나에 대해서 제대로 이해하는 것은 우리의 삶을 더 의미 있고 풍요롭게 가꾸기 위한 출발점이다. 그런데 우리는 종종 우리 자신의 일이지만, 우리 내부의 의식구조를 잘 모르는 경우가 많다. 그래서 우리가 무엇을 전환할 것인가를 알아내기 이전에, 우리가 어떻게 우리 내부를 인식하고 있는지 알아보기 위해 빙산 모델이라는 내부 세계 인식 모델을 소개하고자 한다.

여러분은 타인을 보고 그에 대한 판단을 할 때 일반적으로 무엇을 보고 판단하는가? 아마도 그 사람의 겉으로 드러난 행동을 보고 판단하지 않을까? 행동이라는 것은 나라는 사람을 나타내고 겉으로 드러내는 수면 위 빙산의 모습이라고 할 수 있다.

그런데 당연하겠지만 이러한 행동 밑에는 그 행동을 유발하는 것들이 있다. 내가 어떻게 생각하는지, 그리고 내가 어떻게 느끼는지와 같은 사고와 감정이다.

사고와 감정 아래에는 다시 우리가 살아오면서 부모님 혹은 지인, 또는 교육, 종교 등으로부터 영향을 받게 되면서 형성된 가치관이 있고, 신념이 있으며 또한 어떤 것이 나에게 더 중요하고, 어떤 것을 먼저 처리할 것인가에 대한 우선순위가 있다.

대부분 사람이 경험하듯이 직장에서 또는 가정에서 나와 관계를 맺는 사람들과 서로 의견이 다른 이유는 각자 우선순위의 차이에서 기인한다고 할 수 있다.

그러면 이러한 가치관을 형성하고, 어떠한 신념과 믿음과 우선순위를 갖게 되는 배경이 되는 그 아래에 존재하는 것은 무엇일까? 그것은 바로 욕구라고 할 수 있다. 매슬로(Maslow)는 인간의 행동을 결정하는 다섯 단계의 욕구에 대해서 설명했다.

간단히 살펴보면 1단계는 생리적 욕구이다. 이것은 인간의 기초적인 기능을 영위하는 데 필수 불가결한 욕구로서 음식, 산소, 수면, 수분 등에서 자유롭고자 하는 욕구로 타고난 본능이라 할 수 있다. 2단계는 안전의 욕구이다. 이것은 안전과 보호의 욕구라고도 하며, 위험과 위협으로부터의 보호, 공포, 불안, 무질서로부터 벗어나고자 하는 욕구 등으로 신변이나 지위의 안정을 추구하는 욕구이다. 3단계는 사회적 욕구이다. 이것은 타인과의 만족스러운 관계, 집단에서의 소속감, 사회 속에서 지속적인 친밀감과 우정을 유지하며 참여하고자 하는 욕구이다. 4단계는 자존의 욕구이다. 이것은 사회에서 인정을 받고 명망을 얻으려는 욕구이며 타인으로부터의 자기 존경 및 존중의 욕구이다. 마지막으로 5

단계는 자아실현의 욕구이다. 가장 높은 수준의 욕구로 생산적인 활동과 기여를 통해 자신이 뜻하는 목적을 달성함으로써 보다 성숙한 인간이 되기를 원하는 욕구이다.

이 욕구에는 물론 충족된 욕구도 있을 수 있고, 충족되지 않은 욕구도 있을 수 있다. 인간의 욕구는 어려서 옹알이를 할 때부터 형성되며 무의식적으로, 잠재의식적으로 욕구를 충족하기 위해 노력한다. 그러나 빙산의 깊은 곳에 숨겨져 있기 때문에 자기 자신도 잘 인식하지 못하고 넘어가는 경우가 종종 있다.

수면 위에 올라온 빙산은 전체 빙산의 10%에 지나지 않는다. 나머지 90%는 수면 아래에 가려져 있다. 10%의 우리 행동은 우리가 행하는 것이며(Do), 90%의 우리의 감정, 사고, 가치관, 신념, 우선순위, 욕구는 우리가 가지고 있는 것(Have), 그리고 이 빙산 자체는 우리의 존재(Be)가 된다.

예를 한번 들어 보겠다. 내 친구 중 한 명은 어느 특정 가수가 나오면 거칠게 TV 채널을 돌려 버린다. 그래서 왜 매번 그렇게 채널을 돌리냐고 물어봤더니 그 친구는 그 가수가 싫고, 그 가수가 나오면 짜증이 난다는 거였다. 그래서 왜 그 가수가 그렇게 싫고 짜증이 나는지 물었더니 가수라면 정말 노래를 잘해야지, 화려한 외모만 갖고 있거나 춤만 잘 춰서는 안 된다고 말하는 거였다. 그래서 왜 그런 생각을 하게 되었는지를 다시 물었다. 그랬더니 본인은 어려서부터 음악을 너무 좋아했고, 음악 자체를 감상하는 것이 너무 좋았는데 요즘은 음악보다는 보이는 것 자체에 더 공을 들이는 것 같다는 것이다.

여기서 채널을 돌리는 것은 그 친구의 행동, 그 가수가 싫어서 짜증이 나는 것은 그 친구의 사고와 감정, 가수란 노래를 잘해야만 한다는 것은 그 친구의 가치관과 믿음, 우선순위가 될 것이고, 음악을 좋아해서 좋은 음악을 듣고자 하는 것이 그 친구의 욕구였다고 정리할 수 있을 것이다.

물론 이 친구의 채널을 돌리는 행동은 하나의 기호와 취향일 수 있다. 어떤 큰 제한적인 행동이라고 보긴 어려울 수도 있다. 이 예는 빙산 모델의 개념을 쉽게 설명하기 위한 것이다. 빙산 모델은 우리 내면의 깊숙한 곳을 들여다보기 위한 하나의 도구이다. 빙산 모델이 중요한 이유는 간혹 나의 행동이 매우 당연하다고 생각하지만 나의 빙산을 알아 가다 보면 나의 행동이 나의 충족되지 못한 욕구를 여전히 충족시키지 못하는 방식으로 나타나는 경우가 있다는 것이다. 따라서 저 아래 나의 욕구를 찾아가는 것이 매우 중요하고, 그것을 알게 됨으로써 나의 바람직하지 못한 행동의 전환의 시작이 될 수 있는 것이다.

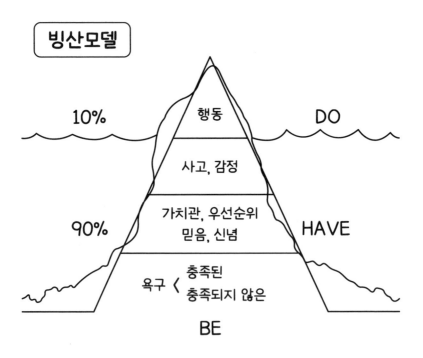

나의 빙산 모델

몇 달 전 배우자와 크게 다투었던 적이 있었다.

함께 여행을 계획하고 있었는데 나는 사소한 것 하나라도 모든 것을 치밀하게 계획을 세우고 실행을 하는 것이 옳다고 생각하는 사람이었고, 배우자는 다소 즉흥적인 것을 즐기는 사람이었다. 나는 주말에 할 일이 너무나 많았는데 금요일에 퇴근을 하니 짐을 막 싸고 있는 것이었다. 당장 여행을 갈 수 없다고 이야기를 하는 것으로 시작되어 결국은 언성이 높아지게 되었고, 너무 속상해서 화장실로 가서 물을 크게 틀어 놓고 목 놓아 울어 버리고 말았다. 너무 답답하고 화가 나서 친한 지인에게 이야기를 하자, 넌 왜 항상 바보같이 혼자 그렇게 울면서 꾹 눌러 담아 놓느냐고 나를 다그쳤다. 그래서 차분하게 나의 이런 행동에 대해서 한번 생각해 보았다. 나는 속상하긴 했지만 계속 싸우고 싶지 않았고, 화내는 게 싫어서 자리를 피했고, 그것이 차라리 마음이 편하다고 생각했다. 나는 싸움을 하고 화를 내게 되면 그 사람의 마음을 다치게 하기 때문에 혼자 삭이는 게 낫다고 생각을 했던 것 같다. 그래서 왜 내가 이런 가치와 우선순위를 갖게 되었을까를 생각해 보았다. 그 근저에 나의 아버지가 있었다. 어렸을 적 나의 아버지는 매우 엄격하시고 무서워서 화가 나거나 우리를 꾸짖을 일이 있을 때면 항상 그 자리에서 즉각적으로 화를 내셨고 난 그것이 마음속 깊이 상처로 남아 있었다.

이것을 빙산 모델에 적용해 보았다. 나의 행동은 속상해서 혼자 크게 울어 버린 것이다. 나의 사고와 감정은 싸움을 하고 싶지 않고, 화내는 게 싫어서 혼자 풀어 버리고 그게 차라리 편하다고 생각했던 것이다.

그런 사고를 갖게 된 그 이면에는 즉각적인 화는 타인에게 상처를 줄 수 있고, 내가 혼자 참는 게 낫다는 가치와 신념이 자리 잡고 있었다.

그리고 그 아래에는 어릴 적 아버지의 즉각적인 화에 상처를 입게 되어 나도 모르게 타인에게 상처를 주고 싶지 않다는 욕구가 있었다.

하지만 나의 이 욕구를 충족시키는 방법이 과연 혼자서 울어 버리는 행동밖에 없었을까 생각해 보면 그다지 바람직한 행동은 아니었다는 결론에 이르게 된다. 또 내가 혼자 참고 우는 것만이 상대방에 대한 배려일까 생각해 보았다. 차라리 마음을 열고 허심탄회하게 대화를 시도하는 방법은 어땠을까. 나를 다시 한번 돌아보게 했다.

Why Why Why

　자, 그러면 여러분도 자신의 빙산에 대해 한번 생각해 보는 시간을 가져 보기 바란다.

　우선 우리의 빙산에 본격적으로 들어가기에 앞서서, 간단한 질문 한 가지를 드리겠다. 여러분의 자녀들이(자녀가 없다면 배우자 또는 지인 누구라도 좋다) 예의 없이 행동을 하거나 다소 신경질적인 반응을 보일 때 왜 그런 행동을 한다고 생각하는가? 보통 하고 싶은 것을 못 하게 했을 때, 또는 하기 싫은 것을 하라고 했을 때 아닐까? 우리의 자녀들도 그들만의 욕구가 있을 것이다. 하지만 그러한 욕구가 충족되지 않았을 때 그런 행동을 한다고 볼 수 있다.

　그러면 각자 개인에게 있어 자녀나 배우자 때문에 최근 슬펐거나 화가 났던 순간을 떠올려 보고 노트에 한번 적어 보기 바란다.

　그리고 그 순간 자신의 행동, 사고, 감정, 가치, 신념, 우선순위, 욕구 등을 빙산 모델을 적용해서 생각하는 시간을 가져 보는 것이다. 여러분도 느낄 수 있겠지만 자신의 내면을 들여다보는 것은 생각보다 그리 쉬운 일이 아니다. 그래서 주변 가족과 혹은 지인과 함께 빙산 모델 완성을 위해 대화를 해 보는 것을 추천한다. 좀 더 나의 내면을 쉽게 들여다보기 위해 유용한 도구가 바로 "왜?"라는 질문이다. 이것은 "왜?"라는 질문을 반복하여 사용함으로써 어떤 문제의 진정한 근본 원인을 찾아가기 위한 방법이고, 어떤 사실이나 과제를 일방적으로 전달하는 게 아니라 스스로 답을 찾아가도록 하여 상대방을 주인으로 만들어 주는 데 유용하다. 다만, 질문을 단순한 말하기로 하는 것이 아니라 상대방이 자신을 되돌아보고 스스로 답을 찾도록 답변 내용 중 핵심 메시지를 찾아 반복하여 질문하는 것이 중요하다. 또 이때 질문자는 상대방을 신뢰하고 존중하며 배려하는 자세로 적극적으로 경청해야 하며 상대방에게 도움을 주겠다는 강력한 '의도'를 가져야 한다.

예를 들어, ○○ 님, 최근 자녀나 배우자 때문에 슬펐거나 화가 났던 순간을 떠올려 보세요. 그때는 언제였나요?

그때 어떤 행동을 하셨나요?

왜 그런 행동을 하셨나요?

WHY 1. 왜 그렇게 행동하는 게 ○○ 님에겐 중요한가요?

WHY 2. 왜 그런 사고와 신념이 ○○ 님에겐 중요한가요?

WHY 3. 왜 그런 우선순위가 ○○ 님에겐 중요한가요?

이렇게 질문을 통해 이야기를 나누다 보면 나 스스로도 인지하고 있지 못하는 내면의 충족되지 못한 욕구를 들여다볼 수 있다. 아, 물론 중요한 것은 나 자신에 대해 꾸미지 않은 솔직함이 중요하다. 충족되지 못한 욕구를 해소하기 위해 밖으로 드러난 행동이 바람직할 수도, 바람직하지 않을 수도 있다. 어떤 경우라도 관계없다. 다만 드러난 나의 행동이 내가 스스로 불편하다고 생각할 만큼 바람직하지 못한 행동이었다면 그저 나의 성격 혹은 나의 성향, 패턴 등으로 묵과하지 말고 좀 더 바람직한 행동으로 바꿔 볼 수 있지 않을까?

Why?　Why?　Why?

사람의 행동에 대한 내면의 깊이를 알아볼 수 있는 반복적인 질문들...

Q	(어떤 행동에 대해) 왜 그런 행동을 하셨나요?

Why?　그것이 당신에게 중요한가요?

↓

Why?　그것이 당신에게 중요한가요?

↓

Why?　그것이 당신에게 중요한가요?

공명(共鳴)의 법칙

　나에 대한 단점을 발견했을 때, 또는 아내와 남편, 자녀의 행동이 마음에 들지 않을 때 그것을 변화시키고자 하는 것은 쉬운 일이 아니다. 누군가의 의식과 행동을 변화시키기 위해 피드백을 해 주었지만, 강한 반발에 부딪히거나 오히려 갈등 상황으로 확대된 경험이 있는가? 다른 사람과 아무리 대화를 해 보아도, 그 사람이 이해가 되지 않은 경험이 있는가?

　누군가를 변화시키기 위해서는, 변해야 한다고 일방적인 방식으로 말하는 것이 아니라 내가 먼저 울림이 되어야 한다. 두 사람이 마주 보면서 기타를 연주하다가 한 기타가 연주를 멈춘 상태에서 맞은편 기타가 기타 줄 5개 중 하나를 세게 튕기면 맞은편 기타의 똑같은 줄이 진동하면서 울리는 현상을 볼 수 있다. 이러한 현상을 과학자들은 공명(共鳴)이라고 하는데 말 그대로 '같이 울리는 현상'이다. 공명의 법칙은 이 세상 모든 물체가 일정한 진동수로 진동한다는 데 근거를 둔다. 피아노 건반 소리의 진동수와 사람 목소리의 진동수가 비슷하게 일치되었을 때 둘 중 하나의 소리가 멈추어도 남아 있는 하나의 소리가 멈춘 대상을 진동시켜 같이 울리게 하는 것이다. 나의 공명 진동을 통해 다른 사람의 진동을 바꾸는 것이 다른 사람의 의식과 행동을 전환시킬 수 있는 출발점이다. 하지만 그 이전에 무엇보다 중요한 것은 나 자신을 깊이 들여다보고 나 자신을 아는 것이다.

물론, 내면의 모든 빙산을 알아볼 수는 없다. 하지만, 이 연습을 시작으로 지속적으로 나의 내면의 빙산을 찾는 여정을 하기 바란다. 우리는 타인에 대해 속단하고 판단하지만, 우리가 보는 부분은 다른 사람의 10%의 행동일 가능성이 크다. 주변에 정말 이해가 되지 않는 행동을 하는 사람이 있다면 그 사람의 10% 행동 이면에 있는 90%를 이해하기 위한 노력을 한번 해 보기 바란다.

빙산 모델을 가정이나 직장, 사회에서 활용하면 '우리의 행동이 어떤 요소들에 의해서 야기되는가?'를 투명하고 효과적으로 돌아볼 수 있고, 이렇게 우리 내면의 세계를 이해함으로써 우리의 성장과 발전을 가로막는 바람직하지 못한 행동이나 제한적인 인식을 개선할 수 있는 기회를 갖게 될 것이다.

2장

성장과 전환

"중요한 건 당신이 어떻게 시작했는가가 아니라

어떻게 끝내는가이다"

-앤드류 매튜스-

인간으로서 우리는 우리의 잠재력을 지속적으로 개발시키고 성장하고 싶은 바람이 있다. 하지만 어떻게 성장을 하고 어떤 전환을 해야 우리의 삶이 한층 풍요로워지는지 그것을 알고 또 실천하기는 쉽지 않다. 변화라는 것을 먼저 생각해 볼까?

왜 우리는 늘 변화와 우리에게 당면한 새로운 과제 혹은 기회에 대해 저항을 할까? 무엇이 우리를 변화 앞에서 작게 만드는 것일까?

새로운 것에 대한 두려움, 불확실성에서 오는 불안감 등에 대해 우리는 어떻게 대처를 해야만 할까?

여러분은 '성장' 하면 가장 먼저 무엇이 떠오르는가?

일반적으로 어린아이의 성장을 생각할 수 있을 것이다. 처음 걸음마를 배우는 아이를 생각해 보면 처음에는 계속 넘어지다 무엇인가를 잡고 일어서는 기회를 얻게 된다.

우리가 미처 생각하지 못했던 다양한 것들을 경험하고, 때로는 실패하고 다시 기회를 얻으며 그 기회는 서로 연결되어 크게 하나의 지속적이고 연속적인 사이클을 형성하고 있다는 것을 발견할 수 있다. 하지만 우리가 계속적으로 성장할 수 없는 것은 무엇 때문일까? 아마도 그것은 종종 우리의 제한적인 부분, 자신의 부족한 부분이 무엇인지 인식하지 못하는 것에서부터 출발한다고 볼 수 있다.

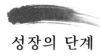

성장의 단계

성장에도 단계가 있다.

내가 처음 운전을 배우기 시작한 것은 1991년이었다. 면허를 처음 따고는 설레기까지 했다. '이제 드디어 운전을 할 수 있겠구나.' 생각을 하고 바로 오빠의 차를 가지고 시내로 나갔다. 그러나 몇 미터도 못 가고 바로 앞차를 뒤에서 박고 말았다. 나는 면허를 따면 금방 운전을 할 수 있을 거란 막연한 생각만 했지, 실제로 내가 거리 주행을 능숙하게 할 수 없을 거라는 것을 전혀 몰랐다. 그러다 내가 운전을 잘 못한다는 것을 결국 알게 되었다.

여러분도 한번 생각해 보면 어떨까? 우리가 무엇인가를 못한다는 것을 전혀 몰랐다가 못한다는 알게 되었던 경험들이 있는가?

그런 경험들이 있다면 무엇인가를 못한다는 것을 몰랐다가 어떤 계기를 통해서 못한다는 것을 알게 되었는가?

아마도 다양한 경험들이 있겠으나 그러한 경험들을 포함해서 시련, 난관, 사건들로 표현을 해 보겠다.

나도 상대방의 차와 접촉 사고를 내는 그런 시련을 통해서 운전을 못한다는 것을 알게 되었다. 사고 이후 나는 의지를 가지고 의식적으로 운전을 잘하려고 노력을 했다. 다시 도로 주행 연습 학원에 등록하고, 차가 있는 지인에게 연습을 시켜 달라고 조르기도 했다.

그렇게 연습을 통해 이제는 특별히 의식을 하고 운전을 하는 것이 아니라 무의식적으로 습관처럼 운전을 한다.

자, 그럼 이렇게 무의식적으로 잘하는 단계에서 우리에게 필요한 것은 무엇일까?

바로 겸손이다. 겸손을 통해 우리는 무의식적인 경지에 이르게 된다. 그렇게 무의식적으로 운전을 하던 나는 비가 몹시 내리던 어느 날 아무 생각 없이 빠른 속도로 운전을 하다가 차가 미끄러지며 다시 작은 접촉 사고를 냈다. 이때 바로 겸손하지 못했던 것이 아니었을까? 그 이후로 다시 '아! 내가 운전을 여전히 못하고 있는 것은 아닐까?' 하는 생각을 하게 됐다. 다시 아래 단계로 떨어지게 된 것이다.

어른으로서 가장 어려운 단계는 못한다는 것을 모르는 단계에서 못한다는 것을 알게 되는 단계라고 한다. 이 단계에서 바로 '전환'이라는 것이 필요하기 때문이다. 우리는 이때 우리에게 찾아오는 시련이나 난관, 경험, 사건들을 잘 활용해야 할 필요가 있다.

시련과 난관은 우리의 부족한 부분을 알게 해 주고 한 단계 성장할 수 있도록 도와주는 기회이며 바로 우리에게 주어진 선물 같은 교훈이라고 할 수 있다.

또 어른으로서 우리는 대부분 무의식적으로 잘하는 단계에 있는 것이 많다. 무의식적으로 잘하기 때문에 굳이 의식하지 못하는 것일 수도 있다. 그렇기 때문에 우리가 지속적으로 겸손하지 않으면 못한다는 것을 알게 되는 단계로 떨어질 수 있다. 무의식적으로 잘하는 단계에서 무의식적인 경지, 마스터의 경지에 이르기 위해서는 멈추지 말고 지속적으로 겸손한 마음을 갖고 Silly Bridge를 건너야 한다. 다소 어리석어 보일지라도 묵묵히, 그리고 우직하게 그 일을 해야 하는 것이다. 원하는 목표를 달성하기 위해서는 습관의 자동화가 중요하다. 습관화된 행동은 무의식적으로 자동으로 행해진다.

타이거 우즈는 우리가 너무나 잘 알고 있는 골프 선수이다.

여러분 모두 잘 알고 계시다시피 최연소 24살로 그랜드슬램을 달성한 선수다. 타이거 우즈는 2000년 U.S. Open, The Open Championship, 그리고 PGA Championship을 우승하면서 3개 대회 메이저 대회 제패라는 금자탑을 세웠고, 이는 1953년 이래 처음 달성된 대기록이었다. 이때 타이거 우즈가 더욱더 유명해진 것은 최연소, 최저타, 최다 타수차(15타), 106년 역사상 처음 두 자릿수 언더파인 12언더파를 기록했다는 점 때문이었다. 그런데 이때 당시 우즈는 코치에게 이런 말을 했다고 한다. 자기가 만약 그랜드슬램을 달성하면 골프를 처음부터 다시 시작하겠다고. 우즈는 의아해하는 코치에게 더 이상 올라갈 곳이 없다면 자기는 나태해질 수밖에 없고 자만하게 될 것이 두렵기 때문이라고 말했다. 여기에서 우리는 위대한 선수의 겸손함을 볼 수 있다. 아무리 무의식적으로 잘하는 단계에 이르렀다 하더라도 우리는 멈추지 말고 아직까지 발현되지 않은 잠재력을 개발하고 키워 나가야 한다.

Silly Bridge

성장의 단계를 다시 정리해 보자. 자신에게 무엇이 결여되어 있는지 모르는 단계(못한다는 것을 모름)에서 한 단계 올라가려면 통찰력을 요구하는 시련, 난관, 사건이나 경험이 필요하다. 그러한 경험을 통해 무엇을 배워야 할지 알게 되지만 어떻게 해야 하는지는 모른다(못한다는 것을 알게 됨). 이 과정에서의 느낌은 깨달음의 순간이지만 혼란스러울 수 있다. 자신감이 결여될 수도 있고 외부로 원인을 돌릴 수도 있다. 그러나 다시 한 단계 올라가기 위해서는 근본적인 인식과 관점의 전환이 필요하다. 무엇을 해야 할지 알게 되는 순간 필요한 것은 의지이고, 비로소 의식적으로 노력을 하게 된다. 이 단계에서는 자신감과 해낼 수 있다는 용기가 필요하다. 누군가의 지도와 코칭이 필요한 순간이기도 하다. 의식적으로 노력하는 단계에서 비로소 습득한 지식과 기술, 스킬을 자연스럽고 힘들지 않게 발휘하며 자신의 것으로 만들게 되는 무의식적으로 잘하는 단계로 올라가기 위해 반드시 필요한 것은 연습과 타인의 피드백에 대한 경청이다. 무의식적으로 잘하는 단계로 올라가면 목표를 달성하게 된 것을 축하하고 칭찬하고 인정을 받게 되는 순간이 온다. 그 순간 겸손한 마음으로 우직하게 Silly Bridge를 건너야 또 다른 성장의 기회가 온다.

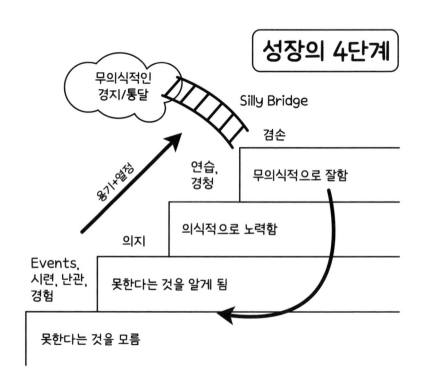

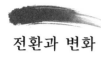

전환과 변화

우리는 종종 못한다는 것을 모르다가, 못한다는 것을 알게 되는 한 단계 성장을 하는 과정에서 겪게 되는 시련, 난관, 사고 등의 경험을 남의 탓으로 돌리는 경우가 있다. 그러나 그러한 것을 '나'에게 초점을 맞추어 생각해야 한다.

왜 이런 일이 나에게 일어났을까? 이런 일이 일어나게 되기까지의 원인 제공은 나에게 있는 것은 아닐까? 진정으로 자신의 관점을 전환함으로써 내 삶의 주인이 내가 되게 하는 것이 바로 전환이고 그것은 나의 성장과 바로 연결되는 것이다.

'변화'와 '전환'은 서로 다른 의미를 가지고 있지만 종종 혼동해서 쓰는 경우가 많다. 우선 사전적 의미를 살펴보면 '변화'는 다른 것으로 혹은 동종의 다른 것으로의 대체를 말한다. 또한 단순한 교환, 변동을 의미하기도 한다. 간단히 예를 들자면 나무로 의자를 만드는 것은 나무라는 그 자체는 변함이 없다. 또 만 원짜리 지폐를 천 원으로 바꾼다면 그것도 변화이다. 즉, 변화는 다시 제자리로 돌아오는 것이다. 하지만 전환은 의미가 다르다. 형태나 형상의 변환, 변태/탈바꿈, 형질 또는 상황이 다른 형태로 변하는 것, 형질이 완전히 변화하는 것, 에너지가 다른 형태로 변화되는 것을 말한다. 나무가 숲이 된다면 숲은 다시 나무가 될 수 없다.

바로 전환이 되는 것이다. 올챙이는 아가미로 호흡을 한다. 하지만 그 올챙이가 개구리로 탈바꿈을 하게 되면 허파로 호흡을 한다. 완전한 전환이 이루어졌다고 할 수 있다. 또 애벌레가 나방이 되는 것 또한 전환이라고 할 수 있다.

우리 삶에 있어서의 전환도 마찬가지다. 바로 '나 자신 내부의 본질적인 구조의 근저에서 시작하는 성장의 변화'라고 할 수 있다. 내 삶에 있어서의 전환은 바로 성장을 위한 출발이다. 나 자신의 내부의 본질적인 구조의 근저는 마치 올챙이의 DNA에는 개구리가 되는 유전자가 들어 있는 것처럼 나 자신의 내부에도 성장을 위해 내재되어 있는 전환의 DNA가 있다. 이러한 잠재력을 우리 모두는 가지고 있다. 처음부터 나를 들여다보는 관점에서 출발을 해야 성장할 수 있다.

변 화
(Change)

- 대체
- 교환
- 변동
- 동종의 다른 것으로 대체

전 환
(Transformation)

- 형태나 형상의 변환
- 변태/탈바꿈
- 형질 또는 상황이 다른 형태로 변화
- 형질이 완전히 변화
- 에너지가 다른 형태로 변화

＼ 내 눈에 거슬리는 모든 것은 내 안에도 있다

3장

창조적 대응

"자극과 반응 사이에는 공간이 있고 그 공간에는 자신의 반응을 선택할 자유가 있다. 그리고 우리의 반응에 성장과 행복이 좌우된다."

-빅터 프랭클-

인간으로서의 전환

앞서 성장의 단계 및 전환에 대해서 이야기했다.

전환은 '우리가 삶에 대처하는 근본적인 시각과 관점을 자발적으로 재창조하는 과정이며 좀 더 넓고 진화적이고 통합적인 방식으로 재창조하는 것'이다. 이를 통해 우리는 좀 더 다양한 삶, 다양한 사람에 대해 유연하게 대응하고 반응할 수 있다. 즉, 전환이란 단순한 변화처럼 겉모습을 바꾸는 것이 아니라 우리가 세상에 반응하는 근본적인 시각과 관점을 바꾸는 것이다. 우리 개인이 가지고 있는 근본적인 시각과 관점이 제한적이면 우리의 삶 역시 제한적일 수밖에 없다.

우리는 우리 자신을 이러한 제한적인 틀에서 해방시킴으로써 성장의 길에 들어설 수 있고 환경의 변화 및 도전 과제에 신속하고 유연하게 대응할 수 있다.

우리는 생각하고 느끼고 행동하는 방식을 전환함으로써 나의 잠재력을 확대하고 역량을 통합하여 보다 가치 있고 풍요로운 삶을 개척해 나갈 수 있다.

인간으로서의 전환
(Transformation)

인간으로서 우리에게 의미하는 '전환'은 우리가 삶에

대처하는 근본적인 시각/관점을 자발적으로, 진화적이고

통합적인 방식으로 재창조하는 것이다.

이를 통해 우리는 좀 더 다양한 삶, 다양한 사람에 대해

유연하게 대응하고 반응할 수 있다.

뇌의 진화 단계

자, 그렇다면 어떻게 시각과 관점을 바꿀 수 있을까?

우리는 살아가면서 종종 어떤 시련이나 난관에 부딪혔을 때 생각도 해 보기 전에 즉각적으로 반응을 하게 될 때가 많다.

즉, 감정적으로 대응을 하게 되는 것인데 흔히 공포를 느끼거나 분노를 느끼게 되는 순간이다. 하지만 이것은 인격적으로 우리에게 문제가 있어서 그런 것은 아니라고 전문가들은 말한다. 우리의 잘못이 아니라 뇌의 진화 과정에서 오는 지극히 생물학적이고 의학적인 이유라는 것이다.

인간 뇌의 진화 과정에 대해서 잠시 알아보자. 최대한 간결하고 쉬운 용어로 정리를 했다. 첫 번째 뇌간은 초기 진화 단계의 뇌로서 기초 대사를 가능하게 한다.

이것은 파충류까지 진화된 뇌로서 소화, 순환, 호흡, 생식 등을 관장한다.

다음으로는 포유류까지 진화된 단계의 뇌로 구피질이라고 한다. 이것은 감정을 담당하는 뇌로 여기에 편도체(아미그달라, Amygdala)라고 부르는 기관이 있는데 아몬드처럼 생겼다 해서 이런 이름이 붙었다. 이것은 기억과 반응을 저장하며 우리가 미처 인식하지 못하는 상태에서 작용한다. 편도체는 위협을 인식할 때 그 위협이 실질적인 것인지 파악도 하기 전에 반응을 하게 하여 상대와 싸움을 벌이거나 도피하게 하거나 얼어붙게 만든다. 구피질 때문에 많은 파충류가 역사상 멸종을 한 반면 포유류는 두려움이라는 감정을 느낌으로 해서 살아날 수 있는 기회가 많았다고 한다.

다음으로는 최종 진화 단계인 인간의 뇌로 신피질이라 한다. 이성적이고 고차원적인 사고를 담당한다. 뇌에서 추리를 하는 부분으로 즉각적인 반응이 아닌 상황을 인식하고 주변을 돌아보며 보다 유연하고 창조적으로 대응하는 것을 가능하게 한다.

위협에 직면했을 때 질문을 던짐으로써 신피질이 작용할 수 있는 시간 및 편도체의 작용을 지연시킬 수 있다.

편도체의 포로(The Amygdala Hijack)

수천 년 동안 인간의 뇌가 진화하면서 더 나중에 진화되었기 때문에, 위협의 순간에 신피질을 활용하는 것은 쉬운 일이 아니다. 더 먼저 진화된 편도체가 먼저 반응하는 것이 매우 자연스럽다. 또한 어떤 위협에 직면하여 본능적으로 재빨리 반응하여야 할 때 뇌간과 구피질은 필수적이며 반드시 필요한 요소이다. 그러나 만일 우리가 어떤 사건에 부딪혔을 때, 그 사건에 대해 이성적으로 생각하고 판단해 보기도 전에, 편도체라는 기억과 감정의 저장소에서 '과거에 일어났던 일과 비슷하다.'라는 이유만으로 즉각적이고 반사적으로 대응을 한다면, 우리는 과거 기억의 희생자가 되는 것이다. 이런 상황이 발생하였을 때, 우리는 어른으로서, 의식적으로 우리의 신피질을 사용하여 사건을 판단해 볼 수 있어야 한다. 이는 외부의 자극에 대해 반응하지 말아라, 혹은 무조건 화내지 말아라, 참으라는 이야기가 아니라, 과거의 희생자가 아니라 현재 상황의 주인이 되도록 노력할 필요가 있다는 것이다.

현실에서 사람들은 실제 벌어지고 있는 상황보다 훨씬 더 강력한 반응을 보이는 경우가 종종 있다. 편도체는 실질적인 위협 앞에서 강력히 발현되지만 타인과의 상호작용 시 도움을 주지 않을 수도 있다. 이런 경우 우리는 편도체의 포로가 되는 것이 아니라 잠시 멈추어 서서, 예를 들어, '지금 무슨 일이 벌어지고 있는 거지?'라는 질문을 스스로에게 던짐으로써 편도체의 작용을 차단할 수 있다. 잠시 뒤를 돌아보거나, 자동적인 반응을 유발하는 것이 무엇인가를 숙고할 때 우리는 과거가 아닌 현재의 순간에 적절한 반응을 찾을 수 있게 되는 것이다.

뇌 편도체의 포로 (The Amygdala Hijack)

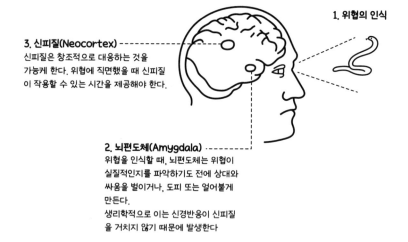

1. 위협의 인식

3. 신피질(Neocortex)
신피질은 창조적으로 대응하는 것을
가능케 한다. 위협에 직면했을 때 신피질
이 작용할 수 있는 시간을 제공해야 한다.

2. 뇌편도체(Amygdala)
위협을 인식할 때, 뇌편도체는 위협이
실질적인지를 파악하기도 전에 상대와
싸움을 벌이거나, 도피 또는 얼어붙게
만든다.
생리학적으로 이는 신경반응이 신피질
을 거치지 않기 때문에 발생한다

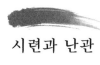

시련과 난관

앞 장 성장의 단계에서 가장 혼란스러운 단계는 못한다는 것을 모르는 단계에서 못한다는 것을 알게 되는 단계라고 했다. 그 과정에서 우리는 시련이나 난관에 부딪히게 되고 불쾌한 감정을 느낄 수 있기 때문이다. 내가 못하는 것이 과연 무엇인가를 생각해 봄으로써 이러한 시련을 새로운 성장의 기회로 삼을 수 있어야 한다. 시련과 난관에 잘 대응하고 편도체가 아닌 신피질을 잘 활용하기 위해서 시련과 난관에 대해 간단히 정리할 필요가 있다. 일반적으로 인간은 무엇인가를 하고자 하는 의도가 좌절됐을 때, 어떤 기대하는 바가 충족되지 못했을 때, 함께 살아가고 있는 사람들과 커뮤니케이션이 원활하지 못하다고 느낄 때, 마지막으로 살아가면서 예상하지 못한 손해, 손실, 사고를 당했을 때 가장 크게 시련 혹은 난관에 부딪혔다고 생각한다.

여러분도 한번 생각해 보기 바란다. 자신은 네 가지 상황 중 어떤 경우에, 어떤 경험을 했을 때 가장 화가 나거나 두렵거나 그외 유쾌하지 못한 감정을 느꼈는지 말이다.

자, 이번엔 최근에 여러분이 실패를 경험했을 때 혹은 반사적으로, 즉각적으로 행동을 해서 '내가 왜 이러지?'라고 자신을 탓하게 되었을 때를 한번 생각해 보고 그때 구체적으로 어떤 행동을 했는지, 그때의 감정은 어떠했는지 생각해 보자. 아마도 행동으로는 소리를 지른다. 술을 마신다, 정처 없이 걷는다, 화를 낸다, 주변인에게 화풀이한다, 어디든 숨어 버린다 등이, 감정으로는 좌절감, 슬픔, 분노, 자책감, 후회 등이 떠오른다.

이번엔 반대로 최근에 경험한 작은 일이지만 성공해서 기뻤던 순간, 혹은 이성적으로 잘 대응했을 때를 생각해 보고 그때의 행동과 감정에 대해 생각해 보자. 행동으로는 환호성을 지른다, 자랑한다. 웃는다, 술을 마신다, 자신을 칭찬한다 등이 떠오른다. 감정으로는 기쁨, 뿌듯함, 자신감, 자존감, 성취감 등이 자연스럽게 떠오른다. 여러분은 어떤가?

실패했을 때 혹은 반사적으로 대응했을 때와 성공했을 때 혹은 창조적으로 대응했을 때의 우리의 감정과 행동을 생각해 보면 느낌이 많이 다르다는 것을 알 수 있다. 생각만 해도 기분이 좋아지는 단어들, 반면 보기만 해도 가슴이 답답해지는 그런 단어들이다.

시련과 난관의 4가지 유형

- 좌절된 의도
- 충족되지 못한 기대
- 실행되지 못한 커뮤니케이션
- 예상하지 못한 손실

창조적 대응과 반사적 대응

우리가 다양한 과제 앞에서 실패했을 때, 시련이나 난관에 부딪혔을 때 우리가 인간이기 때문에 쉽게 할 수 있는 반응, 이는 반사적인 대응으로 우리가 이런 반사적인 대응을 하는 이유는 바로 무의식적으로 두렵기 때문이다. 이런 감정을 느끼는 것은, 혹시라도 생존하지 못할까 봐 두렵기 때문일 것이다. 생존을 하기 위해 우리는 반사적으로 대응을 한다. 수천 년간 인간은 이런 시련의 상황에서 싸우거나, 도피하거나 또는 얼어붙어서 반응했다. 이렇게 반응하면서 우리는 '왜 하필 이런 시련이 나한테 닥친 거야?'라고 생각하면서 스스로 피해자와 희생자가 된다.

과거 원시 시대 사냥을 나가 맹수를 만났을 때 인간은 생존을 위한 두려움으로 인해 반사적으로 대응을 했다. 바로 편도체가 즉각적으로 반응을 했기 때문이다.

현재를 살아가는 우리는 다양한 시스템의 변화, 환경의 변화를 체감하며 살아간다.

4차 산업혁명의 시대가 이제는 낯선 용어가 아니다. AI가 산업 전반에서 휘몰아치며 등장하는 새로운 변화의 물결 속에서 나는 피해자가 되어 나의 존재 가치가 없어지거나, 나의 미래가 불투명해질까 봐 두려움을 느낀 적이 있는가? 그래서 싸우거나, 나의 일이 아니라고 도피하거나, '대체 지금 무슨 일이 일어나고 있는 거지?' 얼어붙은 채로 주변의 눈치만 보았던 경험들이 있는가? 바로 지금도 일어나고 있는 일이다.

이런 반사적 대응은 어찌 보면 인간이 당면한 문제가 먹히느냐, 먹느냐의 적자생존의 환경일 때는 당연하였다. 하지만 이제 우리는 신피질을 갖고 있는 인간으로서 좀 더 창의적으로 대응할 수 있어야 한다. 창의적으로 대응한다는 것은 용기를 가지고 대응하는 것을 의미한다. 그저 생존을 위해 대응하는 것이 아니라 삶의 가치와 기쁨, 활기를 느끼기 위해 대응하는 것이다. 그래서 '왜 이런 일이 내게 닥친 거야?'라고 생각하며 싸우거나, 피하거나, 얼어붙거나 하는 반사적으로 하나를 선택하는 것이 아니라, 이성적으로 판단하고 분석한 상황에 대응하기 위해 유연하게 대처하는 것을 말한다. 그리고 외부에서 주어진 상황과 시련이라고 하여도 우리가 유연하게 대처함에 따라 자신의 삶에 있어 주인이 될 수 있다.

내가 피해자라고 느끼는 순간 나는 잘못을 피하기 위해 다른 사람을 비난하게 된다. 또한 자신과 확신이 없기 때문에 타인에 대해 성급하게 판단하려고 한다. 그리고 이로 인해 다른 사람을 불신하게 된다. 그러나 이때 불신하는 것은 다른 사람이 아니라, 결국은 나 자신이며 내가 상황을 타개해 나가야 할 주체가 아닌 객체라고 느끼기 때문에 무의식적으로 나를 비난하게 되고, 스스로를 불신하게 되는 것이다.

반면 외부에서 나의 의지와는 다르게 발생한 사건이라고 해도 스스로를 주인이라고 생각하게 되면 우리는 무한한 책임감과 책임 의식을 갖게 되고, 스스로에 대한 확신으로 다른 사람을 수용하게 된다. 또한 자신을 믿는 것처럼 다른 사람을 신뢰할 수 있게 된다.

우리가 떠올려 본 감정과 행동에서 느낄 수 있듯이 상위의 단계는 하위의 단계보다 더 즐겁고 행복하다. 우리가 상위의 단계로 올라가야 하는 것은 반드시 해야 하는 과제가 아니다. 누가 강요해서도 아니고 반드시 지켜야 할 의무도 아닌 바로 우리 자신 스스로의 선택이다. 내가 더 행복해지기 위한 긍정적인 선택이다.

창조적 대응	용기	활기	유연한 대처	주인	책임의식	수용	신뢰	행동 / 감정
								행동 술마신다, 축하한다, 칭찬한다, 한번 더 격려한다.
								감정 기쁨, 자신감, 만족감, 충족감

반사적 대응	두려움	생존	싸움, 도피, 얼어붙음	피해자	비난	성급한 판단	불신	행동 / 감정
								행동 화를 낸다, 인상을 쓴다, 회피한다, 부정한다, 비난한다.
								감정 후회, 무기력감, 부끄러움

일시 정지 버튼(Pause Button)

이렇게 상황에 대응하는 방식은 창조적 또는 반사적 대응으로 나눌 수 있다. 반사적 대응은 우리를 상황의 피해자로 만든다. 우리가 분노, 부정, 비난, 위축 등의 반응을 보인다면 우리는 편도체의 포로가 되어 싸우거나, 도피하거나, 얼어붙는 상태로 넘어간다. 반면에 창조적 대응은 우리를 주인으로 만들어 해결책을 모색하며 상황에 유연하게 대응하는 것을 뜻한다. 창조적 대응이 상위의 단계라면 반사적 대응은 하위의 단계다. 어떤 상황에서도 우리는 둘 중 하나를 선택해야 하는 시점에 직면한다. 자, 그렇다면 우리는 어떻게 하위의 단계에서 상위의 단계로 갈 수 있을까? 이 선택의 순간에 우리는 머릿속에 '일시 정지 버튼' 이미지를 만들어 버튼을 누르고, 잠시 생각할 시간을 가지며 몇 가지 질문을 던져 볼 수 있다.

'이 시련과 난관을 통해 내가 배울 수 있는 것은 무엇인가?'
'이 시련과 난관은 나에게 무슨 기회이고, 어떤 의미인가?'
'내가 왜 이런 시련과 난관을 만들었는가?'
이 세 가지 질문은 상황에 대해 나를 가장 책임감 있는 주인으로 만드는 질문이다. 우리는 편도체가 작용하려고 하는 순간 일시 정지 버튼을 누르고 이 질문을 통해 신피질을 작용시킬 수 있다.

빅터 프랭클은 "자극과 반응 사이에 선택의 자유가 있다."라고 했다. 자극은 우리가 선택할 수 없는 상황이지만 반응은 우리가 선택할 수 있는 것이다. 우리에게 시련 혹은 난관이라는 자극이 왔을 때 우리는 바로 일시 정지 버튼을 누름으로써 창조적으로 대응할 것인지 반사적으로 대응할 것인지 선택할 수 있고, 그것이 바로 우리의 선택의 자유다.

우리가 겪는 외부의 자극에서 오는 시련과 난관 상황을 잘 표현한 단어가 바로 危機이다. 위기는 위험이라는 단어와 기회라는 단어가 동시에 포함되어 있다. 시련과 난관의 위기 상황에서 단지 위험 자체만을 인식하고 위협으로만 느낀다면 그것은 반사적 대응이 될 것이다. 그러나 함께 존재하는 기회를 성장의 기회로 활용할 수 있다면 그것은 바로 창조적 대응이 되는 것이다.

창조적 대응	용기	활기	유연한 대처	주인	책임의식	수용	신뢰	행동
								술마신다, 축하한다, 칭찬한다, 한번 더 격려한다.
								감정 기쁨, 자신감, 만족감, 충족감

선택의 순간 **일시정지버튼**
이러한 시련/난관을 통해 내가 새롭게 배울 수있는것은 무엇인가?
이러한 시련/난관은 나에게 어떤 기회인가?
내가 왜 이러한 시련/난관의 상황을 만들었나?

반사적 대응	두려움	생존	싸움, 도피, 얼어붙음	피해자	비난	성급한 판단	불신	행동
								화를 낸다, 인상을 쓴다, 회피한다, 부정한다, 비난한다.
								감정 후회, 무기력감, 부끄러움

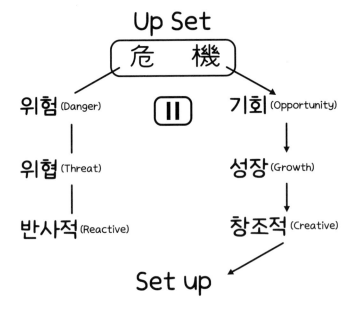

동기화의 법칙

정신분석학자 칼 융이 제시한 동시성 현상(싱크로니시티, Synchronicity)을 알고 있는가? 칼 융은 스위스의 심리학자이자 정신분석학자로 프로이트의 영향을 많이 받았다. 대표적인 이론은 인간의 영혼(정신)은 각각 대립적인 요소로 구성되어 있지만 이 요소들은 대립이 아니라 조화를 이룬다고 한다. 동시성 현상도 같은 맥락으로 볼 수 있다. 동시성 현상은 일종의 의미가 있는 '우연의 일치'가 발생했을 때 이를 설명하는 개념이다. 개별적인 인과 관계를 가지는 두 가지 사건이 동시에 연속적으로 발생했을 때 이 둘 사이에 어떠한 인과 관계가 없지만 실제로는 우연이 아닌 非인과적 법칙이 있으며, 이는 인간의 마음과 현실 세계 사이, 즉 의식의 틈을 비집고 무의식에서 보내는 메시지라고 보고 '싱크로니시티'라는 개념으로 설명했다. 이를 바탕으로 정리한 칼 융의 동기화의 법칙은 사실로 규명되지 않은 하나의 가설로 존재하지만, 개인적으로는 사실이라고 믿고 싶은 법칙이다.

동기화의 법칙에 따르면 우리 10%의 의식은 자신의 단점에 직면하고 싶지 않기 때문에, 우리의 약점과 부족한 부분을 잠재의식 내부로 내려보낸다. 그러나 우리는 무의식적으로 성장하기를 원하기 때문에, 90% 이상을 차지하고 있는 잠재의식이 이러한 사건을 끄집어내고, 우리 스스로 자신의 약점을 알기 위해 자석처럼 다른 경험이나 사람들을 끌어들인다는 것이다.

예를 들어 내가 매우 자신감이 없는 사람일 경우, 내 주변에서 확신에 차 있고 용기가 있는 사람을 나 자신도 모르게 무의식적으로 끌어들이며 함께 일하면서 현실에서는 기분 나빠 한다. 그리고 좀 더 용기 있는 사람이 되고 싶은 잠재의식에 의해 나의 주변에는 용기 있고 확신이 있는 사람이 자꾸 나타나게 된다. 이처럼 나의 무의식이 자석처럼 나의 부족한 부분을 의식하고 개선하기 위해 무의식적으로 이런 경험을 끌어들인다는 가설이 동기화의 법칙이다. 내가 이를 인식하고 의식적으로 노력을 하며 개선이 되면, 더 이상 이런 상황이 없어지게 된다. 그리고 이미 나는 용기 있고 자신감에 차 있는 사람이 되어 있다.

이런 경험은 처음에는 우리의 어깨 위에 작은 사건들로 떨어지지만, 우리의 의식이 인식하지 못하게 되면, 이런 시련은 더 커지게 되고 이 시련에서 배워야 할 것을 배우지 못한다면 무의식적으로 우리는 계속해서 그 경험을 끌어들일 것이므로 시련은 계속될 것이다. 그리고 무엇보다 중요한 것은 이 시련의 주인은 바로 '나'라는 것이다. 성장의 4단계에서 보았듯이 이런 시련을 기회로 활용하지 못하고 전환을 하지 못한다면 한 단계 더 성장하는 것도 여전히 우리에겐 숙제로 남을 수밖에 없다.

우리 삶의 순간순간에서 발생하는 일들을 성장과 발전을 위한 기회로 제공되었다고 생각하고, '왜 내가 이런 일을 발생시켰는지'를 자문해 볼 필요가 있다. 칼 융에 따르면 '우리에게 발생하는 일은 앞으로 우리가 더 발전해 나가기 위해서 자기 스스로가 초래한 것'이니 우리가 사전에 조그만 조짐을 포착할 수 있다면 상황이 악화되는 것을 막을 수 있다는 점을 강조한다.

우리는 누군가를 평가할 때 '책임감이 참 강한 사람'이라는 말을 종종 한다. 진정한 책임감은 바로 창조적인 대응에서 비롯된다고 볼 수 있다. 책임감은 현재 자기 자신의 모습이 바로 자신의 행동 및 노력에서 비롯된다는 시각을 갖고 당면한 상황을 처리하고자 할 때 비로소 생겨날 수 있다. 결국 이러한 시각이 보다 확대된다면 외부 상황이 자신에게 어떤 영향을 미치고 있고, 또 다른 사람들이 서로에게 어떤 영향을 미치는지까지도 고려할 수 있게 된다. 결국 모든 출발은 '나'로부터 시작된다.

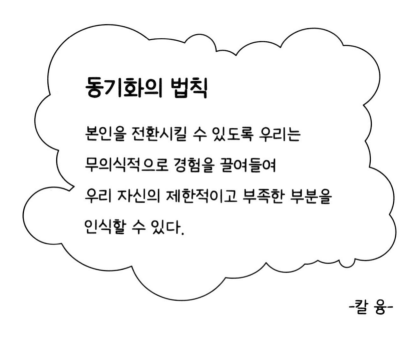

동기화의 법칙

본인을 전환시킬 수 있도록 우리는
무의식적으로 경험을 끌여들여
우리 자신의 제한적이고 부족한 부분을
인식할 수 있다.

-칼 융-

4장

감성 능력(EQ)

"배움이란 화를 내지도, 자신감을 잃지도 않은 상태에서 그 어

떤 것이라도 들을 수 있는 능력이다."

-로버트 프로스트-

우리는 살아가면서 분노를 느끼기도 하고 또 때론 두려움을 느끼기도 하고, 또 기쁨과 슬픔을 느끼기도 한다.

앞 장에서 시련이나 난관에 부딪히게 되었을 때 일시 정지 버튼을 누르고, 신피질을 작용시켜 창조적으로 대응을 해야 한다고 했다. 하지만 이러한 이성적인 행동을 일상에서 늘 실천하며 사는 것이 쉬운 일은 아니다. 조직 생활을 하면서도 부하와 상사, 동료와 동료, 본점과 지점, 직원과 고객 사이에서 갈등의 요소는 늘 존재한다. 또 일상적인 삶에서도 배우자와 자녀와의 갈등, 지인들과의 관계에서도 마찬가지이다. 그런데 이러한 갈등 상황에서 늘 감정적으로 대응을 하게 되면 우리의 삶이 너무 고단하지 않을까? 함께 더불어 성장하는 삶을 누릴 수는 없을까?

그러나 현실적으로 현대인의 일상은 여전히 감정적인 폭발을 유발하는 외부의 자극에 늘 노출되어 있다.

아리스토텔레스는 "누구나 화를 내기는 쉽다. 그러나 적당하고도, 적절한 때에 올바른 목적과 방법으로 화를 내는 것은 쉬운 일이 아니다."라고 했다.

자신의 감정을 잘 조절해서 적절한 때에 화를 낼 수 있는 근간이 되는 것, 바로 감성 능력(EQ)이다.

당신은 지적인 사람인가, 감성적인 사람인가?

우리는 그동안 감정적인 문제를 개인의 차원에서 해결해야 하는 일 정도로 생각해 왔다. 쉽게 감정을 드러내는 것은 수련이 부족하기 때문이라고 여기기도 했다. 하지만 그것은 뇌의 진화 과정에서 오는 지극히 당연한 것이고, 우리의 일상생활에서 가장 매력적인 순간은 가장 감정적인 순간이 아닐 수 없다. 애정이 그렇고, 몰입이 그렇고, 열정이 그렇다. 이런 것들이 없이 우리가 위대한 성과를, 성취를 이루어 낼 수 있었을까?

우선 '감정적'과 '감성적'이라는 사전적 의미를 짚고 갈 필요가 있다. 감정적이라는 것은 '감정에 치우치거나 감정에 쉽게 자극을 받는 것'을 의미한다. 한자 표기가 다르긴 하지만 '원망하거나 언짢아하는 마음이 있는 것'의 의미도 가지고 있다. 한편, 감성적이라는 것은 '어떠한 자극에 대하여 느낌이 일어나는', '감수성이 풍부하여 자극을 잘 받는'의 의미로 사전에 나와 있다. 결론적으로 크게 의미가 다르지는 않다.

누군가 당신에게 이야기한다.

"당신은 참 지적입니다."

"당신은 참 감성적이네요!"

이런 말을 들을 때 기분이 어떤가?

왠지 지적이라고 하면 칭찬 같은데 감성적이라고 하면 어쩐지 좀 칭찬 같기도 하고 그렇지 않은 것 같기도 하다. 오랫동안 우리도 무의식적으로 그렇게 생각해 온 것이 아닐까?

지적이라고 하면 스마트하고 일 잘하는 능력 있는 사람으로 상대방이 칭찬한 것 같은데, 감성적이라고 하면 왠지 자잘한 감정을 잘 노출시키면서 논리적이고 이성적이기보다는 판단의 근거를 다른 데 두는 사람이라고 생각하는 것 같지 않은가?

이런 감정적인 혹은 감성적인 영역을 조직에서 또는 일상적인 인간의 삶에서 한 개인의 능력과 역량으로 연결시키는 체계적인 노력을 기울이지 못한 것이 사실이다. 쉽게 생각하더라도 어떻게 감성을 조직의 성과와 선뜻 연결시킬 수 있었겠는가? 하지만 감성과 이성은 우리가 날기 위해 필요한 양쪽 날개와 같다.

알베르트 아인슈타인은 "내일의 문제를 해결하기 위해 오늘의 사고를 활용할 수 없다. 왜냐하면 어제와 오늘의 낡은 사고방식과 의식이 내일의 문제가 되기 때문이다."라고 말했다. 우리는 흔히 말하는 IQ가 업무의 성과와 효율성을 가져온다고 생각했지만 이것은 우리가 미처 보고 있지 못하는 또 하나의 맹점이다. 내일의 문제를 해결하기 위해서는 미래의 방법론을 고민해야 한다.

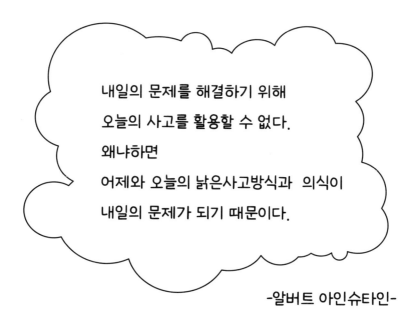

내일의 문제를 해결하기 위해
오늘의 사고를 활용할 수 없다.
왜냐하면
어제와 오늘의 낡은사고방식과 의식이
내일의 문제가 되기 때문이다.

-알버트 아인슈타인-

감성 능력의 다섯 가지 영역

다니엘 골만(Daniel Golman)은 '감정'과 '지적'이라는 말을 합하여 Emotional intelligence Quotient, 즉 EQ, 감성 지능 또는 감성적 능력이라는 말을 사용했다.

우리의 감정에 대한 이해와 타인의 감정에 대한 공감을 의미하는 EQ는 언제나 우리가 다른 사람들과 의미 있거나 즐거운 관계를 만들 때 꼭 필요한 요소이다.

다니엘 골만은 실제로 이러한 EQ가 왜 중요한지 설명을 하기 위해 121개 업체 내 181개 직책에 대해 인지, 기술 및 감성적 능력을 조사하고 분석했다. 그의 연구 결과에 따르면 우수한 성과를 내기 위해 필요한 역량은, IQ 및 전문 지식과 기술은 33%인데 반하여 감성적 역량은 67%로 거의 두 배의 차이가 나는 것을 볼 수 있다. 골만은 또 "리더십을 발휘해야 하는 직책에 있는 사람들 중 뛰어난 성과를 발휘하는 사람과 일반 성과자들 간의 차이는 거의 90%가 인지 능력(Intellectual capacity)보다 감성 능력(Emotional capacity)의 차이에서 비롯되었다."라고 했다. 다른 사람들을 리드하고 영향을 끼쳐야 하는 조직의 리더에게도 감성 능력이 아주 중요하다는 것이다.

다니엘 골만이 정리한 EQ의 다섯 가지 영역에 대해서 한번 알아보도록 하자.

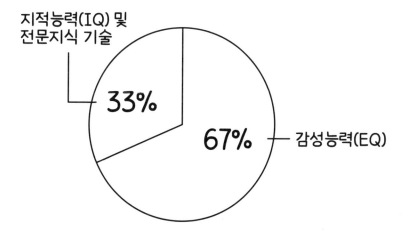

우수성과를 위한 역량 조사

지적능력(IQ) 및
전문지식 기술

33%

67% ─ 감성능력(EQ)

첫째. 자신의 감정 인식, 자기 인식이다. 자신의 심적 상태를 잘 파악하는 것이다.

감성 능력	이 역량을 가진 사람들은…
자신의 감정 및 그 영향을 이해함	- 자신이 어떤 감정을 느끼고 왜 그런지를 잘 이해함 - 자신의 감정과 생각과 행동이 어떻게 연결되는지를 파악함 - 자신의 감정이 성과에 어떤 영향을 미치는지를 앎
자신에 대한 정확한 평가와 자신의 장점 및 한계를 앎	- 자신의 장점과 약점을 인식함 - 자신을 뒤돌아보며, 경험으로부터 교훈을 얻음 - 솔직한 피드백, 새로운 관점, 지속적인 학습 및 자기 계발에 개방적인 태도를 가짐
자신감이 있고 자신의 가치와 역량을 긍정적으로 생각함	- 자신을 당당하게 소개하고, 사람들에게 강한 인상을 남김 - 반대에 부딪힐 수 있는 의견도 개진하며, 옳다고 생각하는 것은 끝까지 추구함 - 결단력이 있으며, 불확실성과 압력에도 불구하고 올바른 결정을 내림

다음은 자신의 감정 관리, 자기통제이다. 이것은 충동적인 감정을 통제하거나 방향을 바꾸는 능력이다.

감성 능력	이 역량을 가진 사람들은…
자신의 감정을 잘 통제하고 충동적인 감정을 억제함	- 자신의 충동적인 감정과 고민을 잘 관리함 - 어려운 순간에도 평정을 유지하고 긍정적으로 생각함 - 명확한 사고를 유지하고 압력 아래에서도 흐트러지지 않음
높은 신뢰도와 성실함을 유지함	- 윤리적으로 행동하고 비난받을 행동을 하지 않음 - 성실함과 진실한 태도로 신뢰를 구축함 - 자신의 실수를 인정하고 다른 사람들의 비윤리적인 태도를 지적함
변화에 유연하게 적응하고 대처함	- 다양한 요구, 우선순위의 변화 및 급속한 변화 등에도 무난히 대응함 - 변화하는 환경에 발맞추어 대응 방법 및 전략을 수정함 - 여러 각도에서 현상을 봄

다음은 자신 및 타인 동기 유발이다. 이것은 목표 달성을 위해 이끄는 감성적 경향이다.

감성 능력	이 역량을 가진 사람들은…
성과를 달성하거나 뛰어난 수준에 도달하기 위해 애씀	- 결과 지향적이며, 의욕적인 목표와 기준을 달성하기 위해 적극적으로 노력함 - 불확실성을 줄이고 더 잘할 수 있는 방법을 찾기 위해 정보 획득을 추구함 - 자신의 성과를 개선하기 위한 방법을 세움
헌신적이고 조직의 목표에 자신의 목표를 일치시킴	- 보다 더 큰 조직의 목표를 달성하기 위해 기꺼이 헌신함 - 큰 사명 내에서 목표를 찾음 - 조직의 핵심 가치를 통해 의사 결정 및 선택을 함
낙관적인 태도로 난관이 있어도 목표를 추구함	- 장애 및 난관에도 불구하고 끈질기게 목표를 추구함 - 실패를 두려워하지 않고 성공의 희망을 갖고 일함 - 난관이 있어도 개인적인 결함에 의해서라기보다는 상황적인 것이며 관리가 가능하다고 생각함

다음은 타인의 감정 이해, 감정이입이다. 이것은 다른 사람들의 감정 및 욕구, 우려를 이해하는 것이다.

감성 능력	이 역량을 가진 사람들은…
타인의 감정 및 관점을 파악하고 관심을 보임	- 감정 표현에 주의를 기울이고 주의 깊게 의견을 경청함 - 이해심을 표시하며 다른 사람들의 관점을 이해함 - 타인의 욕구 및 감정에 대한 이해로 그들을 지원함
타인의 자기 계발 욕구를 파악하고 이를 지원함	- 사람들의 장점 및 성과를 인정하고 보상함 - 유용한 피드백을 제공함 - 적절한 조언 및 임무를 부여하고 직원들의 스킬 향상을 유도함
서비스 지향적이고 고객의 욕구를 미리 예측하고 감지하며 충족시킴	- 다양한 배경을 가진 사람들을 존중하고 원만한 관계를 유지함 - 다양성을 기회로 간주하고 차이점을 존중하며 함께 성장할 수 있는 환경을 조성함 - 편견 및 편협한 태도를 용인하지 않음

마지막으로 격앙된 타인의 감정 대응, 사회적 스킬이다. 이것은 다른 사람들로부터 바람직한 반응을 이끌어 낼 수 있는 숙달된 기술이다.

감성 능력	이 역량을 가진 사람들은…
타인을 설득하고 영향을 주기 위해 효과적인 방법을 사용함	- 사람들을 이끌고 참여시키는 데 유능함 - 합의와 지원을 구축하기 위해 적합한 전략을 사용함 - 효과적으로 설득할 수 있고 극적인 사건을 적절하게 활용함
열린 마음으로 경청하고 설득력 있는 메시지를 제공함	- 복잡한 이슈에 정면 대응함 - 잘 듣고, 상호 이해를 구하며 정보의 공유를 환영함 - 개방적인 커뮤니케이션을 장려하고 좋은 소식뿐만 아니라 나쁜 소식도 거부하지 않고 포용함
개인 및 그룹을 고무시키고 리드함	- 비전 및 사명을 명확히 제시하며 조직 전반에 공유될 수 있도록 주변인을 자극함 - 다른 사람들의 성과 달성에 방향을 제시하고 이들이 자신의 성과에 대한 책임을 지도록 함 - 솔선수범의 모범을 보임

이 다섯 가지 EQ의 요소를 특징으로 볼 때 자기 인식과 자기통제, 동기 유발은 본인에 대한 영역이고, 동기 유발, 감정이입, 사회적 스킬은 타인에 대한 영역이라고 볼 수 있다.

감성능력(EQ)의 5대요소

자신의 감정인식 - 자기인식

자신의 감정관리 - 자기통제   } 본인

자신 및 타인의 동기유발 - 동기유발

타인의 감정이해 - 감정이입   } 타인

격앙된 타인의 감정대응 - 사회적 스킬

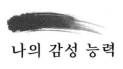

나의 감성 능력

과거에 근무하던 지점에 있을 때 일이었다.

한 고객이 호주로 해외 송금 두 건을 의뢰한다며 창구로 오셨다. 점심시간이었던 탓에 고객이 많이 대기하고 있었는데 해외 송금은 입력할 것도 많고, 시간이 좀 소요되는 편이었다. 어쨌든 송금 의뢰서를 검토하고 해당 내용을 입력하던 중 호주 수취 은행의 주소는 같은데 은행명이 달랐다. 하나는 오스트레일리아 내셔널 뱅크였고, 하나는 네이션스 뱅크로 적혀 있었다. 그래서 "손님, 수취 은행 주소가 같고 어카운트 체계도 같은데 혹시 같은 은행으로 보내시는 거 아닌가요?"라고 했더니 고객은, "저번에도 똑같이 보냈던 거니까, 그대로 쓴 곳으로 보내면 돼요."라고 했다.

"그래도 손님, 해외 송금은 한번 잘못 나가면 확인하기도 까다롭고 돈을 돌려받는 것도 복잡해요. 은행명을 다시 한번 확인하시는 게 어떨까요?"라고 말씀드렸더니 "아가씨, 나 지금 되게 바빠요. 빨리 보내고 전화해야 하니까 얼른 보내고 영수증 줘요."라고 다시 한번 재촉을 하셨다. 어쩔 수 없이 조금 찜찜하긴 했지만 고객께서 적어 주신 신청서의 내용 그대로 입력하고 업무를 마쳤다. 그러다 오후 두 시쯤 한창 창구가 혼잡할 때 화급한 목소리의 그분께 전화가 왔다.

"아가씨, 송금 잘못 나간 거 같아요. 취소해 줘요. 은행명이 틀린 것 같아. 내가 지금 갈게요."라고 본인 말씀만 하고 일단 전화를 끊었다. 조금씩 화가 나기 시작했다. "뭐야, 확인하라고 할 땐 들은 척도 안 하더니…." 그래도 일단 해외 송금 담당 본부 부서로 전화를 했다.

"몇 시 몇 분에 호주로 두건 송금한 거 있는데요. 발송됐나 확인 좀 해 주세요." 했더니 직원은 의뢰서를 보내라고 했다. "네, 의뢰서는 일단 나중에 보낼 테니까 발송 여부만 먼저 확인해 주세요." 그러자 "이렇게 많은 걸 어떻게 다 확인해요?"라는 답이 돌아왔다. 이쯤 되니 본부 직원도 마음에 안 들었다. "이것 보세요, 거기 지금 화면에 다 뜨잖아요. 시간도 내가 얘기했는데 그게 뭐가 어려워요? 빨리 확인해서 발송 안 됐으면 은행명 수정 변경해 주세요. 나중에 의뢰서 올리든지 할 테니까 먼저 정정해 달라구요."

일단 그렇게 본점과는 해결했다. 그러던 중 고객이 다시 창구로 왔다. 그냥 넘어가긴 괜히 억울해서 한마디 했다. "그러게, 제가 아까 확인해 보시라고 했잖아요. 그때 확인했으면 이렇게 복잡하지 않았을 텐데."

그러자 고객은 "바빠 죽겠는데 어떻게 됐어요? 정정했어요? 결과 먼저 얘기해 줘야 하는 거 아니에요? 지금 날 혼내는 거예요?"라며 짜증을 냈다. 나는 정말 화가 났다. 하지만 어쨌든 고객은 보내야 했기에 본점에 얘기해서 힘들게 정정했다고 했다. 그러자 고객은 또 한마디 했다. "생색은 되게 내네." 정말 기분이 나빴다.

그런데 도대체 누구 때문에 화가 났는지 알 수가 없었다. 처음부터 고객의 무시하는 듯한 태도에 화가 난 건지, 해외 송금 담당 본부 직원의 적극적이지 못한 태도에 화가 난 건지…. 만약 나의 감정을 내가 인지할 수 있었다면 조금 조절한 후 본부 직원에게는 좀 더 의뢰형으로 대화를 할 수 있진 않았을까? 또 고객을 이해하는 마음이 있었다면 그 상황에서 "걱정 많이 하셨죠? 일단 정정되었습니다."라고 먼저 얘기를 해서 안심시킬 수도 있었을 텐데 나의 자존심을 먼저 세우고 싶었던 것은 아니었을까. 그런 점에서 자기감정 인식, 자기감정 통제, 타인의 감정 이해, 관계 관리 중 어느 것 하나 제대로 이뤄진 게 하나도 없었다. EQ, 감성 능력이 조금만 있었더라도 좀 더 유연한 대처를 할 수 있었을 텐데 아쉬움이 많이 남았던 경험이다.

여러분도 자신의 감성 능력에 대한 평가를 시트를 활용해 한번 해 보시기 바란다.

자신의 감성능력에 대한 평가

	매우 높음	높음	보통	낮음	매우 낮음
자기 인식 자신의 감정 및 그 영향을 이해함 자신의 장점과 한계를 앎 자신의 가치와 역량에 대해 긍정적으로 생각함					
자기 통제 충동적인 감정을 억제함 성실함을 유지함 자신의 성과에 대해 책임을 짐 변화에 유연하게 대처함 새로운 아이디어, 접근 방식 및 정보를 수용함					
동기유발 성과를 개선하거나 뛰어난 수준에 도달하기 위해 노력함 그룹 또는 조직의 목표에 자신의 목표를 일치시킴 기회를 포착할 준비가 되어 있음 끈질기게 목표를 추구함 다른 사람들과 관계를 적절히 다룸					
감정 이입 다른 사람들의 감정 및 관점을 감지함: 이들이 갖고 있는 우려에 큰 관심을 보임 다른 사람의 자기개발 니즈를 감지하고 이를 지원함 고객의 니즈를 예상하고 인식하며 충족함 그룹 내 감정적 기류 및 관계의 역학을 파악함					
사회적 Skill 설득하기 위해 효과적인 전술을 사용함 적극적으로 듣고 설득력 있는 메세지를 제공함 의견의 불일치를 중재하고 해결함 개인 및 그룹을 고무하고 인도함 변화를 주도하고 관리함 다른 사람들과 관계를 구축하고 발전시킴 공동의 목표를 향해 다른 사람들과 협력함 조직 내 목표를 추구하기 위해 시너지를 창출함					

결국 간단히 말하자면 EQ는 자신의 감정을 똑똑하게 사용하는 것이다. 화가 나도 무조건 참으라는 말이 아니다. EQ가 높다는 것은 자신의 감정을 지능적으로 똑똑하게 쓸 수 있다는 것이며 더 높은 성과와 바람직한 결과를 위해 의도적으로 우리의 감정을 사용할 수 있어야 한다.

피터 센게(Peter Senge)는 "뛰어난 능력을 소유한 사람들은 논리와 직관 또는 이성과 감성 중 어떤 하나만을 선택하지 않는다. 이것은 마치 다리 하나로 걷거나 한쪽 눈으로 보는 것을 선택하지 않는 것과 마찬가지 이치이다."라고 했다.

다리 하나로 걷거나 한쪽 눈으로 보는 것보다는 두 발, 두 눈으로 걷고 보는 것이 더 빨리 갈 수 있고 더 멀리 정확히 볼 수 있음은 너무나 당연하다.

감성능력(EQ)의 정의

EQ는 감정의 효과적인 활용임

우리는 의도적으로 감정을 사용함

즉, 우리의 행동과 사고의 방향이 결과를

향상시킬 수 있도록 우리의 감정을 활용함

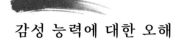

감성 능력에 대한 오해

그런데 우리는 이 EQ와 관련하여 몇 가지 잘못 알고 있는 부분이 있다.

'EQ는 타고나는 것이다.' 그렇지 않다. 학습, 코칭, 연습을 통해 습득이 가능하다.

'여성이 EQ가 높다.' 아니다. EQ는 학습이나 연습을 통해 습득이 가능한 것이므로 남녀 모두 EQ 향상이 가능하다.

'소프트한 요소만이 중요하다.' 역시 그렇지 않다. 부드럽고 좋은 말만 하는 것이 아니라 혹독한 피드백을 주더라도 나의 생각에 동의를 구할 수 있어야 한다. 하드한 메시지를 전달하고도 타인의 지지를 확보할 수 있는 자는 높은 성과를 달성할 수 있다.

그렇다면 이런 EQ를 어떻게 하면 잘 활용할 수 있을까?

앞서 EQ의 첫 번째 요소를 본인의 감정 인식이라고 했다. 우리는 대부분 직장에서 또는 사회에서 우리의 감정을 잘 드러내 보이지 않는 것이 프로답다는 무의식적으로 학습된 자아를 가지고 있다. 이러한 것은 자신의 감정 인식이라는 부분부터 부족하게 만드는 요소이다. 그러나 많이들 경험했듯이 인간이란 이성과 함께 감정이 존재하고, 가정에서 혹은 사회생활에서 느끼게 되는

순간순간의 감정들을 나의 일에, 함께 일하는 동료에게 전혀 영
향을 미치지 않게, 딱 잘라서 행동하는 것은 쉬운 일이 아니다.
오히려 감정의 잔여물이 무엇이고, 나의 일에 어떤 영향을 미치
는지, 그리고 이러한 나의 상태 혹은 타인의 있는 그대로의 상태
를 이해하고 이야기함으로써 더 나은 성과를 보일 수 있다. 이를
위해 우리는 우리 내면에 다양하게 존재하는 감정에 대해 한 걸
음 더 들어가 이해해 볼 필요가 있다.

감성능력(EQ)에 대한 잘못된 인식

EQ는 타고나는 것이다.
(학습, 코칭, 연습을 통해 습득가능)

여성의 EQ가 높다.
(남, 여 모두 EQ향상 가능)

'소프트'한 요소만이 중요하다.

(하드한 메세지를 전달하고도 타인의 지지를
확보할 수 있는 리더는 높은 성과를 달성함)

여러 층으로 구성된 인격

자녀가 있는 분들은 첫아이를 낳아 두 손에 안아 들었을 때를 한번 떠올려 보기 바란다. 그때 어떤 생각을 했을까? 아마도 세상에서 가장 행복한 단어들을 떠올리지 않았을까? "너의 인생에 오직 즐거움과 행복, 사랑만 충만하도록 해 줄게." 다짐도 했을 것이다. 그리고 우리를 보고 방긋 웃는 아이를 상상해 보면 정말 사랑스럽다는 감정이 자신도 모르게 스며들 것이다.

이렇게 사랑스럽게 태어난 아이는 조금씩 성장하면서 부모님과 가족으로부터 자연스럽게 경험한 '사랑'이라는 감정 이외에 또 다른 감정을 겪게 된다. 형제가 있는 아이라면 언니, 오빠들에게 놀림을 받거나 혹은 또래 그룹에서 따돌림을 당하거나, 또 다른 갈등을 겪으면서 슬픔, 즉 마음의 상처를 입게 된다. "너는 너무 멍청해. 너는 너무 어려." 이런 말들을 듣게 되며 자연스럽게 '상처'라는 두 번째 감정의 층이 자리 잡는다. 이것이 우리 내면의 기쁨과 행복감이라는 감정을 감싸게 된다.

좀 더 성장하면서 직접적 또는 간접적인 외부의 자극과 경험을 통해 두려움, 공포감을 알게 된다. 텔레비전을 보다가 느낀 무서운 귀신의 모습에서, 넘어지거나 높은 데서 떨어져 다치게 되면서 무서움을 알게 된다. 그리고 이런 공포라는 감정이 상처 다음의 감정 층을 만들게 된다.

자아가 형성되면서 본인의 의지와 생각이 본인의 자아와 맞지 않을 때, 또 다른 사람과의 관계에서 각자의 우선순위가 부딪힐 때 내면의 상처를 입거나 공포감을 느끼는 것을 더 넘어서 분노라는 감정의 층이 생기게 된다.

그러나 여러 번 화를 내다가 주변 사람에게 혼이 나거나, 처벌을 받거나, 아니면 감정을 그대로 보여 줌으로써 스스로가 '약'하게 느껴져 불이익을 당하게 되는 경우가 많아지면서 '방패/방어'라는 또 하나의 기제를 갖게 된다. 자기방어를 선택하면서 자신의 감정을 들키지 않을 수 있다.

하지만 우리는 어른으로서 늘 이렇게 방패로 가려진 모습만을 보여 줄 수는 없다. 크든 작든 수없이 많은 사람과의 관계 속에서 피상적이지만 데면데면한 관계를 만들어야 하고, 회사에서의 모습/행동이라는 가면을 쓰게 된다. 이 가면은 친하지 않아도 복도에서 아는 사람을 만나게 되면 "어, 안녕하세요? 반갑습니다. 잘 지내셨어요?"라고 말할 수 있는 가면이다.

이런 여러 가지 감정의 층들은 우리가 성장하면서 자연스럽게 층으로 이루어지게 된다. 이런 감정의 여러 층을 이해하고 지혜롭게 활용하는 것이 중요하다. 우리가 인간으로서 자연스럽게 느낄 수밖에 없는 감정들이고, 또 각각의 감정의 층들은 장점과 단점을 모두 가지고 있다. 따라서 어떤 감정이 더 바람직하고 어떤 감정은 바람직하지 않다고 할 수 없다.

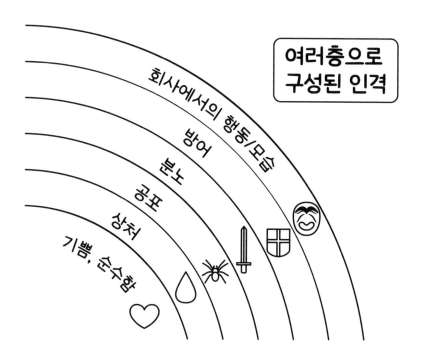

여러층으로
구성된 인격

회사에서의 행동/모습

방어

분노

공포

상처

기쁨, 순수함

다양한 감정들의 장점과 단점

다양한 층의 감정들의 긍정적인 면과 부정적인 면을 살펴보자.

회사에서의 모습과 행동, 흔히 이야기하는 페르소나라고 하는, 실제 성격과는 다르지만 다른 사람들의 눈에 비치는 한 개인의 모습은 어떨까?

이런 모습은 다른 사람들과의 초기 접촉에는 성공적일지 몰라도 다른 사람들과 보다 밀접한 관계를 맺고 심도 있는 대화를 하는 능력을 방해할 수 있다.

방어는 어떤가?

다른 사람과 대립하는 상황에서는 자기방어를 선택하는 것이 유용할 수 있다. 또한 자신의 감정과 욕구를 되돌아볼 수 있는 시간을 벌어 주기도 한다. 그러나 무의식적으로 방어를 계속 유지한다면 감정적인 신호로부터 자신을 유리시키게 되고 그럼으로써 자신의 근본적인 가치와 욕구를 제대로 이해하지 못할 수 있다. 또한 자신에 대한 솔직하고 활발한 표현을 자신도 모르는 사이에 억제할 수 있다.

분노라는 감정은 어떤가?

분노가 본인에 의해 왜 발생했는지 이해하고 적절히 관리된 분노는 남들과 차별화되고자 하는 욕구와 열정을 자극할 수 있다.

그러나 제대로 관리되지 못하고 반사적인 반응만으로 표현된 분노는 창의력과 평정을 잃게 할 수 있다. 분노는 변화를 위한 외침이며, 변화를 위한 신의 불씨와 같다는 말이 있다. 자신의 분노를 돌아보고 왜 화가 나는지 이유를 살펴본다면 보다 긍정적으로 행동할 수 있는 기회가 마련될 것이다.

두려움이란 감정은 우리가 상처를 입는 것으로부터 우리를 보호해 주거나 무엇인가 일이 잘못되어 가고 있다는 것을 경고해 준다. 두려움을 갖는 것은 내면의 욕구를 이해하고 이 욕구를 충족할 수 있게 다른 사람들과 협조하도록 도와주고, 분노의 분출을 피할 수 있게 도움을 준다. 하지만 두려움이 너무 강하면 나를 작게 만들고 소극적으로 될 수 있다.

상처, 슬픔이라는 감정은 어떨까? 자신의 상처를 이해하고 인정한다면 다른 사람들의 입장도 보다 쉽게 이해하고 용서할 수 있게 한다. 자신의 슬픔에 귀 기울이지 않으면 타인의 슬픔도 간과하기 쉽다.

타인의 상처를 이해하고 슬픔을 인식하면 타인에 대한 연민을 느끼게 되고, 이 연민은 인간으로서의 공감대를 형성하게 하면서 감정이입이 될 수 있다. 그러나 상처를 통한 슬픔이 너무 깊으면 우울증에 빠지기 쉽다.

마지막으로 기쁨/순수함, 이러한 감정은 다른 사람들을 고무시키고 공감대를 형성하는 리더십을 구축할 수 있다. 하지만 이런 감정이 지나치면 상대방은 나를 너무 어리다고 하거나 무시할 수도 있을 것이다.

이러한 감정의 여러 층을 이해하면 외부의 자극에 반사적으로 '회사에서의 모습과 행동'이 나오고, 이것이 벗겨지면 '방어'의 모습이 나오고, 사건이나 시련이 우리의 방어를 무너뜨리면 바로 '분노'가 표출되는 이런 패턴이 아니라 바로 내가 이 감정의 주인이 되어 상황에 맞게 나의 감정을 이해하며 효과적으로 사용할 수 있다.

따라서 층으로 구성된 감정이 아니라 감정이 나를 둘러싸고 이 감정들의 주인이 바로 나라는 것을 항상 생각하며 자기감정을 인식하고 자신의 감정을 조절하며 타인의 감정을 이해하고 나아가 원활한 관계를 구축할 수 있어야 한다.

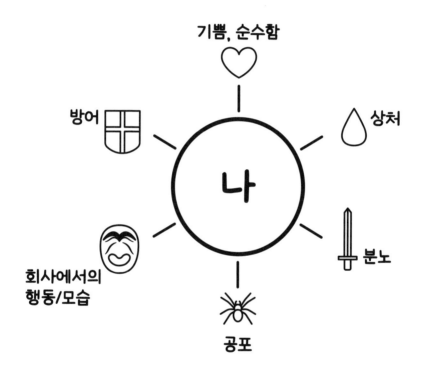

기쁨, 순수함

상처

방어

나

분노

회사에서의
행동/모습

공포

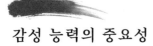

감성 능력의 중요성

우리의 감정을 우리가 소유하지 못하고 지배하지 못하면 결국 감정이 우리를 지배하게 될 것이다. 우리가 감정의 주인이 되어야 한다. 우리가 주인이 됨으로써 스스로 자신의 감정을 조절하고 통제하는 것이 가능하게 된다.

우리가 의식적이든 무의식적이든 우리 감정에 대한 방어기제를 풀지 않고 수면 아래로 계속 억누르다 보면 언젠가 그것은 폭발해 버릴 것이며 원하지 않는 순간에, 원하지 않는 방법으로, 원하지 않는 대상에게 표출될 수 있을 것이다. 또한, 분노, 슬픔 등을 표현하지 않으려다 결국 즐거움도 기쁨도 드러내는 것이 어렵게 될 수 있다.

무엇보다 중요한 것은 이러한 감정을 억누르다 보면 많은 에너지를 소모하게 되며 질병과 스트레스를 유발하고 나아가 원만한 인간관계에도 방해가 될 수 있다.

우리가 우리의 감정을 더 잘 이해하게 되면 감정의 통제가 가능하고 타인의 감정도 잘 이해하게 되며 궁극적으로 문제 해결이 빨라지며 이것은 결국 조직의 성과와 긴밀하게 연결될 수 있다. 그리고 이것은 하나의 전환의 시도가 될 것이며 우리의 밝고 건강한 삶의 일부가 될 수 있을 것이다.

왜 감성능력(EQ)이 중요한가?

- 내가 나의 감정을 소유하지 못하면
  감정이 우리를 지배하게 됨

- 방어기제(방패)를 풀지 않는 것은(부인, 억제)
  많은 에너지를 소모하며, 질병과 스트레스를
  유발하고 인간관계도 긴밀해지지 못함

- 우리의 감정을 더 잘 이해하게 되면
  - 타인의 감정 이해를 더 잘하게 됨
  - 의식적인 선택이 가능함
  - 문제 해결이 빨라짐

감성 능력 개발

이런 감성 능력은 타고나는 것이 아니라 학습이나 코칭, 연습을 통해 가능하다고 했다. 그렇다면 구체적으로 어떻게 하면 감성 능력, EQ를 개발할 수 있을까?

감성 능력은 지적, 인지적 능력에 비해 그 개발이 다소 어렵긴 하지만 결코 불가능한 것은 아니다. 지적, 인지적 능력은 신피질에서 그 학습을 주관하는데 이해와 암기, 계산 등을 통해 학습되고 신피질에서 행해지는 학습의 속도는 아주 빠르게 일어난다. 그러나 감성 지능은 전전두엽 부위에 위치한 뇌의 실행 중추와 감정 및 욕구와 충동을 관할하는 구피질 사이를 잇는 신경 회로와 깊은 관련이 있다고 전문가들은 말한다. 이러한 구피질에 기반을 두고 있는 인간의 감성 지능 능력은 기존의 이해와 암기 중심의 교육이 아닌 실제 체험 중심의 교육이 중요하고 이 능력을 숙달하기 위해서는 반복과 연습이 필요하다. 지속적인 학습을 기본으로 한 감성 능력 개발을 위한 자발적인 학습 이론 5단계를 제시한다.

첫 단계는 이상적 자아의 발견이다.

감성 능력 개발의 첫 단추는 '내가 바라는 향후 나의 모습'인 이상적 자아를 찾아내는 데서부터 시작된다고 할 수 있다. 이는 바로 변화의 방향성을 제시해 줄 뿐만 아니라 변화를 위한 원동력을 제공해 주기 때문이다. 구체적으로는 15년 뒤의 자신의 모습을 업무, 개인 생활, 가족 관계 등 다양한 관점에서 서술해 보는 것처럼 인생 지표를 설계하는 것을 예로 들 수 있겠다.

두 번째 단계는 현실적 자아의 발견이다.

이는 현재 자신의 모습을 관찰하고 분석함으로써 장단점을 파악하는 것을 말한다.

일반적으로 사람들은 자신의 결점을 제대로 인식하지 못하고 긍정적으로 평가하는 경우가 많은데 바람직한 변화를 위해서는 360도 다면 평가를 통해 현실적인 모습을 보다 냉철하게 분석해 보는 것이 필요하다.

세 번째 단계는 학습 계획의 실행이다. 이 단계는 현실과 이상의 차이(Gap)를 줄이기 위해 구체적인 학습 계획을 마련하는 과정이다. 여기에서 유의할 점은 단점보다는 장점에 집중하여 계획을 수립하는 것이 바람직하다. 즉, 단점을 줄여 나가는 데 치중하기보다는 장점 부분을 키워 나갈 수 있도록 계획을 수립해야 한다는 것이다.

단점을 부각시키는 것은 오히려 자기 확신 능력을 약화시켜 자신감과 실행력을 떨어뜨릴 수 있다.

네 번째 단계는 지속적인 실행이다.

감성 능력을 체득하기 위해서는 새로운 의사 결정 방식이나 행동을 습관으로 정착시킬 수 있을 때까지 끈기 있게 반복적으로 연습하는 것이 필요하다. 이를 위해서는 업무 현장뿐만 아니라 일상생활 속에서도 지속적으로 발휘해 보는 것이 필요하다.

다섯 번째 단계는 도움을 주는 동료들과의 신뢰 관계 구축이다.

보다 효과적으로 감성 능력을 개발하기 위해서는 자발적 학습 전 과정에 걸쳐 적극적으로 지원을 해 줄 코치가 필요하다. 이는 상사가 될 수도 있고 동료가 될 수도 있다. 코치는 무엇보다 학습자에게 심리적인 안정감을 준다는 점에서 중요한 역할을 한다. 학습자의 학습 과정을 객관적으로 평가해 주고 그 실행에 있어 방해가 되는 일이나 상황을 차단해 주는 역할을 담당하게 된다. 이러한 변함없는 신뢰와 지지를 보여 주는 코치와의 관계는 자발적 학습의 성공을 위한 중요한 요소라고 할 수 있다.

지금까지 이야기한 감성 능력 개발이 학습 이론 측면에서 제시한 것이라면, 자신의 감정 상태를 스스로 잘 활용하며 감성 능력을 키우는 좀 더 일상에서 활용 가능한 방법 역시 중요하다.

우선 자신의 감정을 인식하고 수용하는 것에서 출발한다. 자신의 감정을 인식하는 일은 감성 능력 개발에 있어서 가장 기본이 되는 것이다. 일상생활에서 화가 나거나 특별한 감정을 느끼게 되면 구체적으로 언제, 어디서, 누구와 무엇을, 왜 등의 방법으로 그런 감정을 느끼게 되었는지 감정 일지를 적어 보는 것이 유용하다.

두 번째 의식적으로 감정을 조절하고 통제하기 위해 노력해야 한다.

타고난 우리 내부의 감정들을 세련되게 다듬는 것은 우리의 노력에 달려 있다. 예를 들면 마음 차분히 가라앉히기, 감정 미리 차단하기, 합리적인 독백 등이 있다. 즉, 짜증이나 불안, 분노 등과 같은 불쾌한 감정은 그 감정을 유발하는 상황이나 이유가 합리적인지 혼자 독백을 통해 조절해 보는 것이다.

세 번째 감정이입이다.

이를 위해서는 자신의 감정을 받아들이고 표현하는 것이 전제되어야 한다. 결국 자신의 감정에 충실할 수 있는 사람이 타인의 감정을 그대로 이해하는 것이 가능하고, 상대방의 말을 상대방의 감성과 이성 세계로 들어가 능동적으로 청취하는 공감적 경청이 가능하다.

네 번째 사회적 관계를 형성해라.

오늘날 개인의 성공 열쇠는 사회적 관계의 유지 여부에 달려 있다고 해도 과언이 아니다. 이러한 사회적 관계 형성의 가장 좋은 방안은 자신의 사소한 감정들, 예컨대 상대방에 대한 친밀감이나 편안함을 드러내는 것이 중요하다. 또한 자신의 감정들을 상황에 맞게 효과적으로 사용하는 것이 중요한데, 때에 따라 대수롭지 않은 듯 드러내기, 과장하기, 대체하기 등을 적절히 사용하여 자신의 감정을 다스릴 수 있어야 하고, 감정의 전염성을 활용하여 사회적 관계를 원활히 할 수도 있다.

감성 능력을 개발하기 위해서 무엇보다 중요한 것은 감성 능력은 지적, 인지적 능력과는 달리 이해와 암기들을 통해 학습되는 것이 아니라, 실제 체험 중심의 학습이 필요하고 또 끊임없는 반복과 연습이 필요하다는 것을 실제로 받아들이는 것이다.

5장

우수성과 마인드

(High Performance Mind, HPM)

"나는 보기 위해 눈을 감는다."

-폴 고갱-

Anna Wise는 자신의 저서 《High Performance Mind》에서 "높은 성과를 창출하는 지적 상태는 자기 의지에 따라 의식적인 상태에서 발생하며 어떤 상황에서도 가장 바람직하고 이로운 것이다."라고 말했다.

현대를 살아가는 우리 모두는 너무나 바쁘게 일상생활을 살아간다. 아침부터 저녁까지 가정에서, 직장에서, 또 다른 사회의 구성원으로서 처리해야 할 일도 많고 결정해야 할 일도 많다. 이렇게 힘들고 바쁘게 살아가는 여러분의 삶을 조금 더 풍요롭게 하기 위해 세상에 대응하는 근본적인 시각과 관점을 전환하는 것이 필요하고, 또 우리의 감정의 소리에 귀를 기울여야 한다고 했다. 그러나 이렇게 우리의 시각을 바꾸고 감정에 충실하다고 해도 매일매일 쏟아지는 정보의 홍수 속에서 제한된 시간 안에 멋지고 성공적인 의사 결정을 하기란 결코 쉬운 일이 아니다. 100이라는 정보 중 80:20의 비율에서 우리에게 중요한 정보가 20이라면, 그 20을 어떻게 고르고 선택할 것인가는 정말 중요한 문제가 아닐 수 없다. 그렇기 때문에 우리에게 필요한 것이 바로 직관이지만 직관력이 그렇게 단시일 내에 연습이나 학습을 통해 습득되는 것은 아니다. 그런데 이 HPM을 통해서 조금이라도 직관력을 향상시킬 수 있다면 그야말로 매력적인 정보가 아니겠는가?

HPM은 동양에서 흔히 명상이라는 말로 시작되어 서양으로 전파되었고 과학적인 데이터에 의해 그 유효성이 입증되었다. 미국에서만도 천만 명이 넘는 사람이 명상을 하고 있고, 2003년 8월 《타임스》 표지로 '명상의 과학'이 소개될 정도로 이미 보편화 되어 있는 개념이다. 2002년 프랑스 인시아드 MBA 스쿨과 하버드 대학에서는 21세기 경영자의 자질에서 제일 중요한 2가지를 직관력과 명상으로 뽑았다고 한다.

2023년 7월 21일 자 《The New York Times》에 실린 Holly Burns의 〈The Benefits of Morning Meditation〉이라는 제목의 기고문에서는 "명상은 불안과 우울증에서부터 더 나은 수면, 더 낮은 스트레스, 그리고 만성적인 통증 완화에 이르기까지 모든 것에 도움이 된다."라고 소개하고 있다. 또한 명상 강사인 Eva Tsuda 박사는 90만 명의 명상 앱 사용자를 대상으로 한 최근 연구에서 아침에 명상을 꾸준히 지속적으로 반복한 사람들이 그 습관을 유지할 가능성이 더 크다는 결과를 얻었다고 말하며, 매일 빠르고 간단한 명상으로 하루를 시작하는 방법을 소개하기도 했다.

일상에서 우리가 손쉽게 실행할 수 있는 HPM에 대해 간단히 알아보고 또 실습도 해 보자.

HPM의 정의

우선 HPM, 즉 우수성과 마인드란 무엇인가 정의부터 살펴보면, '어떠한 상황에서나 의지에 따라 가장 유익하고 이상적인 의식의 상태를 취할 수 있는 마인드'를 말한다.

오랫동안 과학자들은 인간의 뇌와 의식 상태에 대한 개념 정립을 위하여 연구하였지만 대개는 신비스럽고 철학적인 부분으로 남겨 놓았던 것이 사실이다.

그 이유는 그것들을 평가하고 객관적으로 조사할 과학적인 기준이 없었기 때문이다. 하지만 한 연구진에 의해서 전기적 뇌파 기록 장치(EEG)로 인간이 일상생활 속에서 정신적 작업에 전념하는 중에 나타나는 뇌파 형태를 조사하는 실험이 이루어졌고, 이 연구는 2002년 11월에 심리학지에 게재되었다. 이러한 연구 결과를 토대로 Anna Wise는 《High Performance Mind》라는 저서에서 뇌파 패턴을 설명하며 이것이 우리에게 어떤 영향을 미치는지 설명하였다. 또한 간단한 연습만으로도 뇌파 패턴을 자신의 의지대로 관리하는 것이 가능하다고 했다. 회의에서 논의가 진행되고 있는데 갑자기 모든 조각이 짜 맞추어지면서 '바로 그거야!' 하는 느낌이 든 적이 있는가? 모두 한 번씩 이런 경험이 있으리라 생각되며, 그 순간 자신이 마치 다른 세계에 와 있는 듯한 느낌이 들기도 했을 것이다. 우리가 생각하고 느끼는 방식이 답을 얻는 순간 변해 버리는 것이다. 즉, 이것은 뇌가 작용하는 방식이 변하기 때문이다. 1950년대부터 과학자들은 뇌파를 측정하고 여러 다른 활동 및 의식 상태에 따른 패턴을 연구해 왔다.

HPM의 정의

우수성과 마인드란
자신의 의지에 따라
높은 성과를 창출하는
지적상태를 취할 수 있는
마인드를 의미함

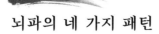

뇌파의 네 가지 패턴

뇌파는 뇌가 항상 방출하는 전기 충격이라고 할 수 있다. 이것은 세기, 또는 진폭, 주파수, 또는 1초당 사이클로 측정되는 파동 속도로 측정될 수 있다. 주파수는 방출되는 뇌파의 종류를 결정하는데 그 주파수에 따라 4가지의 종류로 나눌 수 있다. 바로 베타, 알파, 세타, 델타가 그것이다.

첫 번째 가장 빠른 뇌파는 14~38헤르츠인 베타이다.

베타는 깨어 있는 시간의 대부분을 지배한다. 이것은 논리적인 사고, 문제 해결 및 일상적인 활동을 관리하는 데 필요한 뇌파이다. 베타가 혹사당하게 되면 스트레스가 쌓이게 되고, 심할 경우 공황 상태에 빠지게 된다. 머릿속에서는 주의를 끌기 위해 경쟁하는 여러 가지 생각들로 가득 차게 되고 집중하기가 어려우며 올바른 판단을 하기 힘들어지기도 한다. 대부분의 사람은 베타를 적절한 상태로 유지할 때 가장 효과적으로 일할 수 있다.

그다음으로 8~14헤르츠인 알파이다. 알파는 하나의 생각에 집중하고 있을 때 지배적으로 작용하고 공상 중에 경험할 수 있으며, 너무 많이 방출되면 '공중에 붕 뜬 것 같은 느낌'을 갖게 된다. 머릿속에서는 현실처럼 생생한 광경을 그리며, 몽상에 깊게 빠져 있기 때문에 주변에서 벌어지고 있는 상황은 의식 속에 들어오지 않을 수 있다. 알파는 의식과 잠재의식을 연결하는 고리라는 점에서 아주 중요하다. 알파가 없다면 자신의 마음속 깊이 자리 잡고 있는 좋은 아이디어를 끌어내지 못한다. 재미있는 것은 알파가 작용하지 않으면 아무리 꿈을 생생하게 꾸었더라도, 일어난 후에 꿈을 기억하지 못하게 된다고 한다.

다음으로 4~8헤르츠인 세타이다.

세타는 잠재의식의 뇌파로 기억, 감각 및 감정의 차원이며, 바로 여기에 창의성 및 통찰력이 위치한다. 세타가 창의력과 연관되어 작용할 경우 아이디어, 지식, 또는 통찰력을 의식 상태로 끌어 올리기 위해 다른 뇌파와 함께 작용해야 한다. 답이 생각날 듯말 듯 하거나 창조적인 통찰력이 막 생겨날 때 세타가 작용하지만, 대부분의 사람은 이 뇌파를 어떻게 자기 의지대로 활용할 수 있을지 잘 모른다.

마지막으로 0~4헤르츠인 델타이다.

델타는 가장 깊은 곳에 존재하는 것으로 무의식을 지배하는 뇌파이다. 이것은 다른 모든 것이 닫혔을 때 작용하며, 깊은 수면 상태에서 경험하게 된다. 델타는 직관과 감정이입을 가져오는 뇌파이고, 마음속 깊이 위치한 지식이나 자신도 미처 알지 못하는 것들과 접촉할 수 있도록 해 준다. 강력한 델타를 경험할 경우 보통 '직관적으로' 또는 '직감적으로' 느끼게 되며 종종 이런 직관은 옳은 것으로 드러나기도 한다.

뇌파의 특성

BETA : 깨어있음, 논리적인 사고, 일상활동, 다중작업

ALPHA : 집중, 몰입, 공상

THETA : 창조적인 통찰력, 기억, 자기 성찰

DELTA : 감정이입, 깊은 유대감, 직관

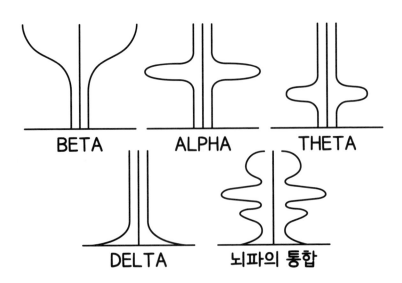

BETA ALPHA THETA

DELTA 뇌파의 통합

\ 내 눈에 거슬리는 모든 것은 내 안에도 있다

바람직한 뇌파의 조합

  우리의 의식 상태는 이렇게 4개 뇌파의 조합으로 구성되는데 어느 한 특정 뇌파가 다른 것보다 더 낫다고 말할 수는 없다. 다만, 상황별로 어떤 특정한 조합이 다른 것보다 더 적합할 수는 있을 것이다. 우리에겐 뇌파를 통제하는 능력을 개발시키는 것이 가능하고 그렇게 된다면 우리가 바라는 의식 상태를 유도할 수 있고, 스트레스를 받을 때 평정을 유지할 수 있으며 자신의 의지에 따라 바람직한 의식 상태를 만들 수 있게 된다.

  알파 바로 아래엔 잠재의식으로 넘어가는 알파 브리지가 있다. HPM을 통해서 우리는 베타를 줄이고 알파 브리지를 확대해서 이 공간을 넘어 창의력을 발휘하게 할 수 있는 세타, 직관력을 발휘하도록 도와주는 델타의 뇌파까지 깊이 들어갈 수 있고, 4개의 뇌파가 조합되어 동시에 결합할 때 비로소 창조적인 문제 해결이 가능하게 되는 것이다.

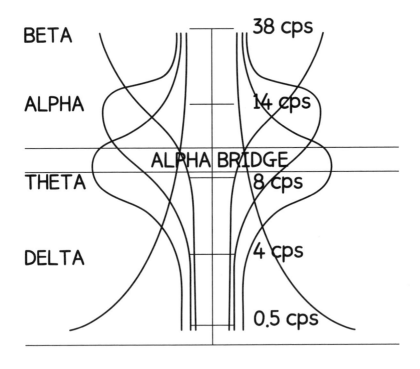

BETA — 38 cps

ALPHA — 14 cps

ALPHA BRIDGE

THETA — 8 cps

DELTA — 4 cps

0.5 cps

HPM 실습

자, 그럼 실제로 HPM을 한번 해 보도록 하자.

우선 의자에 등을 붙이고 편하게 앉아 주시기 바란다.

손은 편하게 두시면 된다. 무릎 위에 놓아도 되고, 아니면 왼손을 오른손 위로 포갠 상태로(남자인 경우) 놓아도 좋다. 이것은 우리의 에너지가 원활하게 돌게 하기 위함이다. 두 발은 편안하게 바닥에 붙이시기 바란다.

집중하려고 하지 말고 그냥 편한 상태로 허리를 펴서 의자 뒤에 똑바로 붙이고 앉으면 된다.

몇 가지 지시를 하면 그에 따라 편안하게 그대로 실행하면 된다.

"눈을 부드럽게 감아 주시기 바랍니다.(30초)

눈을 아래쪽으로 반만 떠 주시기 바랍니다.(5초)

다시 눈을 부드럽게 감아 주시기 바랍니다.(30초)

이번에는 눈을 아래쪽을 향하여 4분의 1만 떠 주시기 바랍니다.(5초)

다시 눈을 부드럽게 감아 주시기 바랍니다.

지금부터는 편안한 상태로 자신의 호흡을 느껴 주시기 바랍니다.

시간이 조금 흐르면 어떤 생각이 떠오르거나 주위의 소음에 방해를 받는다고 생각하실 수도 있습니다. 그렇다고 하더라도 그냥 편안하게 호흡을 느끼시면 됩니다. 애써 집중하려고 하실 필요도 없습니다. 생각이 떠오르면 그냥 그대로 흘려보내고 다시 호흡을 느끼시면 됩니다. 편안하게 호흡하시기 바랍니다.(약 15분)"

약 15분이 경과하면 이제 서서히 호흡을 느끼는 것을 중단하고, 약 1분 뒤 천천히, 아주 천천히 눈을 뜨면 된다. 눈을 뜨고 손을 마찰하여 자신의 얼굴이나 눈, 목 등을 마사지하듯 대 보면 시원함을 느낄 수 있다.

HPM이 진행되면서 어떤 경험을 하였는가?

혹시 색깔이나 모양을 본 분들이 있다면, 특히 무지개 색깔이나 보라색, 파란 하늘과 같은 색깔을 본 분들은 가장 깊숙한 델타까지 내려간 분들이다.

또는 몸이 춥거나 차가워진 분들이 있다면 이것은 스트레스 에너지가 신체 밖으로 제거되면서 생기는 현상이다. 혹시 다른 생각이 이것저것 떠오르는 분도 있을 텐데 이것은 무의식의 스트레스가 제거되는 과정이다.

근육이 뻣뻣하고 몸의 신체 일부가 아프다고 느낀 분들도 있는가? 이것은 긴장이 풀려서 아픈 것이 느껴지거나, 우리가 깨어 있을 때는 베타파가 우리 몸을 지배하므로 느끼지 못하다가 명상을 통해 알파 이하로 내려가면서 아픈 곳을 느끼게 되는 것이다.

몸이 한쪽으로 기울어지는 분은 척추를 바로잡기 위해서 우리 몸이 자연스럽게 기우는 것이다.

HPM 도중에 가슴이 답답해서 크게 호흡을 하거나 하품이 자연스럽게 나오기도 하는데 이것은 우리 몸이 명상을 통해 스트레스가 뭉쳐 있는 곳에 이르렀을 때 그것을 태워 버릴 에너지, 즉 산소가 필요하기 때문이다.

그러면 우리는 HPM을 통해 어떻게 베타에서 델타까지 내려가게 되는 것일까?

일상생활에서 우리의 다섯 가지 감각은 외부를 향하고 있지만 HPM을 시작하며 눈을 감음으로써 그 감각을 나의 내부로 끌어들이게 된다.

우리가 최초 30초 동안 눈을 감으면 우리의 뇌파가 쭉 떨어지게 된다. 그러다 다시 5초 정도 눈을 반만 떠 달라고 했는데, 이렇게 되면 우리의 뇌파가 2단계 정도 다시 올라가게 된다. 눈을 5초 동안 떴다가 다시 감는 것은 어린아이에게 사탕을 주었다가 뺏으면 사탕을 갖고 싶은 욕망이 더 많이 생기는 것처럼 다시 알파의 뇌파로 가기 위한 것이다. 다시 30초 동안 눈을 감으면 즉각적으로 알파까지 뇌파가 떨어진다. 따라서 우리는 1분 5초 만에 알파의 뇌파까지 갈 수 있는 것이다.

두 번째 다시 눈을 4분의 1 정도 뜨면 다시 2단계 정도 뇌파가 올라가게 된다. 그리고 다시 눈을 감음으로써 바로 알파 브리지를 넘어갈 수 있다.

그리고 이후 계속 호흡에 집중하게 되면서 점점 아래로 내려갈 수 있고, 그러다가 아래에서 뭉쳐 있는 스트레스 에너지를 만나게 되면 그것을 풀어 버릴 수 있다. 호흡이 반복되면서 많은 스트레스 에너지가 풀리게 되면 우리의 뇌파는 위로 올라가며 의식 상태로 생각을 하게 되고 무언가 엉켜 있는 문제를 풀 수 있는 생각이 떠오를 수도 있다.

알파와 세타 사이에 있는 알파 브리지를 통과한 후 바로 밑에는 Threshold subconscious mind(무의식의 문턱)가 있다. 대부분의 사람은 이 문턱까지는 쉽게 떨어질 수 있다. 계속해서 우리가 호흡에 집중함으로써 델타까지 내려갈 수 있고, 여기에서 응어리진 스트레스 에너지가 모두 풀어지게 되면 맨 아래 단계까지 내려와 순수의식 상태를 경험하게 된다. 비로소 진정으로 '휴식'을 체험할 수 있게 된다.

우리의 의식을 호수라고 생각한다면 어린아이들은 호수가 맑아서 호수 안이 잘 보이지만 그에 비해 성인들은 오랫동안 쌓인 스트레스, 마음의 장벽, 두려움 등으로 인해 이끼가 많이 끼어서 호수 밑바닥이 잘 보이지 않게 된다.

HPM을 통해서 우리의 맑은 의식을 되찾을 수 있다면 그것 또한 큰 축복일 것이다.

베타파에서 최고의 열정적인 의도로, 알파가 주는 집중력 있는 의지로, 세타가 주는 지적인 방향성으로, 델타 마스터 후 가능한 직관을 통한 효율적인 실행으로 우리 스스로 우리가 바라는 의식의 상태를 유도하고, 스트레스를 받을 때 평정을 유지하며, 자신의 의지에 따라 '정신의 각성'을 발생시킬 수 있다.

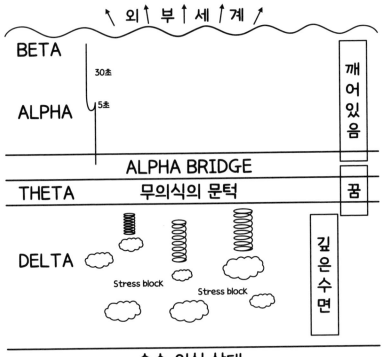

HPM의 효과

　일상에서 HPM을 가장 효과적으로 활용하는 방법은 하루에 약 15분에서 20분 정도 편안한 공간에서 편안하게 습관화하는 것이다. 이를 통해 약 7시간 잠을 잤을 때 해소할 수 있을 정도의 스트레스를 풀 수 있다고 한다. 무엇보다도 큰 혜택은 발코니와 댄스(Balcony and Dance)이다. 즉, 우리가 HPM을 통해 무엇인가 일 처리를 하거나, 혹은 시련이나 난관에 봉착했을 때, 또는 내가 어렵다고 느끼는 문제에 대해 잠시 시간을 갖고 발코니에 가서 숨을 들이마시고 '지금 나에게 무슨 일이 벌어지고 있는 거지?', '나의 욕구는 무엇이고 다른 사람의 우선순위는 무엇일까?', ' 어떻게 하면 내가 이기고 상대방이 지는, 아니면 상대방이 이기고 내가 지는 그러한 것이 아닌 우리 모두가 승자가 될 수 있을까?'를 생각하며 문제에 대한 큰 그림을 그리게 되고 해결책을 모색할 수 있다.

　그리고 나서 실제로 현장에 나아가 현실에서 무도회에 합류하여 사람들과 어울려 함께 춤을 추듯이 실질적인 느낌을 갖고 적극적으로 문제를 해결할 수 있는 능력을 갖게 된다는 은유적 표현이다.

HPM의 혜택
(High Performance Mind)

- 좀 더 창의적으로 사고할 수 있음
- 좀 더 자기성찰을 하게 함(발코니/댄스)
- 좀 더 긴장을 완화시킴
- 좀 더 적극적인 삶의 자세를 가능하게 함

HPM을 의학적 관점이나 뇌 과학 등의 학문적으로 접근하기보다는 일상생활에서 실행하는 그 자체에 의미를 두고 실용적으로 생각하는 것이 중요하다.

어떤 목표를 달성하거나 결과를 보고해야 하는 압박감에서 벗어나 마음을 편안하게 하는 방법을 배우는 것은 매우 유용하다. 이것은 힘든 하루 일과를 마친 후 산책을 하는 것이 좋다는 것을 우리가 익히 잘 알고 있는 것과 같다. 일반적으로 삶의 이런 특징에 특별한 가치를 부여하거나 분석할 필요는 없다. 아이러니하게도 우리가 특정한 의미를 부여한다면 즐거움 등 삶의 경험을 훼손시킬 뿐만 아니라 과학적으로 입증된 구체적 측정 가능한 효과들이 오히려 감소된다. 또한 잘못된 개념이 휴식의 효과를 즐길 수 있는 것을 방해하기도 한다. 사람들은 명상 등이 '의식의 변화'를 가져온다거나 '최고조의' 정신적 각성을 가져올 수 있다고 믿는다. 따라서 휴식이 가져오는 반응이 일종의 환각 작용을 동반하지 않으면 휴식이 별 효과가 없거나 아무런 기능도 하지 않는다고 생각하기도 한다. 그러나 불꽃놀이 같은 가시적인 효과를 기대하기보다는 특별한 기대나 생각 없이 그저 휴식 같은 명상이 더 효과적이다. 이런 휴식을 하루 일과의 한 부분으로 일상화하고 더 나아가 하루 일과 중 스트레스를 느낄 때 깊이 숨을 쉬거나, 신체적 기능을 완화하거나, 자신에게 힘을 주는 단어, 또는 어구 등을 떠올리는 등의 가벼운 행동들이 효과적이다.

명상의 핵심은 이완이다. 산업이 발달하면서 현대인은 육체노동보다 정신노동에 집중을 많이 하게 되는 것이 현실이다. 따라서 호흡을 통해 몸을 다스리는 것이 필요하고, 뇌파의 패턴을 이해해 의식과 무의식의 경계를 잘 활용할 수 있다면 축복이다. 월정사 주지인 정념 스님이 "예전 산사 스님들처럼 노동을 많이 하는 사람들이 하는 참선과는 다르게 접근해야 현대인에게 맞는 명상이 될 수 있다."라고 한 말이 떠오른다. '깨어 있되 고요한 상태를 유지하는 것', 그 안에서 우리는 통찰력(Insight)과 창의력(Creativity)과 진정한 휴식(Healing)을 체험할 수 있다.

HPM 역시 나를 먼저 성찰하고 돌아보면서 내 안에서 답을 찾아가는 과정 중 하나이다.

발 코 니

관찰/고찰
1. 업계 동향
2. 팀 동향
3. 개인 동향

... 그 리 고 ...

댄 스

6장

한 걸음 더 들어가기

(Take a Step)

"지금 당장 실행할 수 있는 좋은 계획이 다음 주에 실행할 완벽

한 계획보다 낫다."

-조지 S. 패튼-

지금까지 빙산 모델, 성장의 단계, 전환, 시련과 난관, 동기화의 법칙, 창조적 대응, EQ, HPM 등 나를 찾아 떠나는 여정에서 조금이라도 도움이 될 수 있는 유용한 도구들을 설명했다. 특별하게 관심이 가면서 이것은 현재의 나에게 필요한 내용이라고 생각되거나, 이것은 한번 실천해 보고 싶다는 개념들이 있으리라 생각한다. 중요한 것은 실천이고 그것을 지속하고자 하는 의지이다. 모두 철학자와 같이 산책하면서, 고민하고, 숙고하고 또다시 수정하는 과정이 필요하다.

영국의 작가 아일린 캐디(Eileen Caddy)는 "우리가 성공적인 삶을 살기 위해서는 성공을 향한 강렬한 열망, 즉 신념 및 믿음을 갖고, 자신의 의식 속에 명확한 비전을 설정하고 흔들림 없이 하나하나 단계적으로 실행해 나가야 한다."라고 했다.

우리 모두 진정한 자신의 모습을 찾아 스스로를 제한하고 있던 'BOX'에서 해방될 수 있다면, 우리 자신의 인간적인 내면의 성장뿐만 아니라 우리와 관계를 맺고 있는 모든 이에게도 좋은 영향을 미칠 수 있을 것이다.

실천을 위해서는 구체적인 목표를 세우는 것이 중요하다.

명확한 목표와 구체적인 실천이 얼마나 중요할까?

인간이 달에 처음 첫발을 디딘 사건은 전 세계를 흥분의 도가니로 만들었다. 암스트롱이 달 표면을 걷는 것을 많은 사람이 지켜봤다. 그런데 이렇게 인간이 달에 갈 수 있게 만든 힘은 무엇이었을까? 과학의 힘도, 강대국의 막강한 국력도 있었겠지만 가장 중요한 원동력은 바로 "10년 안에 인간을 달에 보내겠다."라고 대중 앞에서 공표한 케네디 대통령의 약속은 아니었을까? 대중 앞에서 공표된 이 약속이 구체적인 실천 방법들을 찾아내어 인간을 달에 보낼 수 있게 한 가장 큰 힘이 아니었을까?

구체적인 실행 계획의 중요성

다음을 고려하면서 구체적인 액션 플랜을 계획해 보기를 제안한다.

첫째, 우리가 함께 공유했던 내용들 중 가장 마음에 와닿았고, 가장 중요하게 생각되는 모듈이나, 개념이 무엇인지 생각해 본다. 한 가지도 좋고 여러 가지도 괜찮다. 조직의 구성원으로서, 한 개인으로서 어떤 내용이 가장 좋았는지, 왜 좋다고 생각하는지 정리해 보는 것이다.

둘째, 우리가 함께 공유한 것들 중에서 회사에서나 가정에서 실제로 실천할 수 있는 것 3가지를 정해 보자. 구체적으로 무엇을 실천할 것인지, 왜 이것을 실천하려 하는지, 그리고 어떻게 실천할 것인지를 정리해 본다.

세 번째, 이 세 가지를 실천하는 데 있어서 잘 안될 것 같은 제약 사항을 생각해 보고, 그것을 어떻게 극복해 나갈 것인지도 미리 생각해 본다.

우리는 살면서 가끔은, 마음먹은 대로 또는 말한 대로 일이 이루어지는 것을 발견하고 놀라워할 때가 있다. 이것은 의식적이든 무의식적이든 우리의 의도에 의해 작용하는 어떤 에너지가 있다는 것을 보여 준다.

우리가 액션 플랜을 작성하는 것도 우리의 의도를 증폭시켜서 실제로 이루어질 가능성을 더욱 높이기 위한 노력이다.

그런데, 이러한 의도는 강력한 문장이나 선언문으로 표현될 때, 더 큰 에너지를 발휘한다.

어떤 사람은 '노력해 보겠다', '그럴 것이다' 같은 자신의 의지가 담기지 않은 모호한 표현을 쓰는 경우가 있는데, 이런 표현보다는 '할 것이다', '약속한다', '할 수 있다' 같은 강한 의지가 담긴 표현으로 문장이나 선언문을 작성하는 것이 중요하다.

구체적인 실행 계획을 세울 때 보다 효과적인 방법은 다른 상대방과 함께 내용을 공유하며 서로 도움을 주고받는 것이다. 친구도 좋고, 동료도 좋고, 지인도 좋다. 서로가 멘토나 코치가 되기도 하고, 반대로 멘티가 되어 코칭을 받으면서 자신의 목표를 다듬어 갈 수 있다. 각자의 역할을 수행할 때 몇 가지 유의할 점이 있다. 먼저 여러분이 멘토/코치의 역할을 수행한다면 상대방의 계획이나 의견을 듣고 판단을 하는 것은 지양한다. 말하기보다는 듣고, 지시나 설명을 하기보다는 묻는 등 심도 있는 질문을 하는 것이 유용하다. 만약 상대방이 방어적인 태도를 보인다면 보다 많은 시간을 주고 격려를 통해 창조적으로 대응할 수 있도록 한다. 다른 사람들이 세상을 보는 방식에 관심을 갖고 나와 조금 다르더라도 그들의 생각을 인정하고 필요한 부분은 배우고자 하는 태도가 중요하다. 반대로 여러분이 멘티가 되어 코칭을 받는다면 멘토의 피드백을 진심으로 받아들이고 피드백을 제공하는 사람이 상대방을 위해서 그랬다는 사실을 기억한다. 또한 다른 사람들이 자신 및 자신의 행동에 대해 어떻게 생각하는지에 대한 피드백을 열린 마음으로 적극적으로 구하고 귀 기울임으로써 자신의 장점 및 단점을 보다 정확히 알고자 노력한다. 혹시라도 자신이 방어적인 태도를 보이고 있다면 이를 인정하고 창조적인 대응으로 전환할 수 있도록 노력한다.

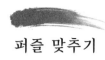

퍼즐 맞추기

서두에서 본 책자의 내용 하나하나가 마치 퍼즐 조각과 같겠지만 마지막에는 조각들이 잘 맞추어져 멋진 그림이 완성될 것이라는 이야기를 했다. 이제 퍼즐을 한번 맞추어 볼까? 혹시 여러분은 4MAT에 대해 알고 있는가? 4MAT은 1990년 교수법 학자 버니스 매카시(Bernice McCarthy)가 말한 학습 이론으로 4 MASTER OF ART TEACHING의 약어이다. 이것은 개인의 학습 이해를 돕는 것에서 확장해 어떤 새로운 개념이나 상황을 전달해야 할 때 보다 효과적으로 상대방의 수용과 참여를 이끌어 낼 수 있는 유용한 도구이고, 기획서를 작성하거나 커뮤니케이션에서도 활용할 수 있는 개념이다.

4MAT은 사람이 새로운 상황이나 개념 등에 직면했을 때 개념을 명확히 하고 이해하는 접근 방식이 모두 다르고, 좌뇌형과 우뇌형이 존재한다는 것에서 출발한다.

한마디로 이야기해 4MAT은 'WHY? WHAT? HOW? IF?'라는 질문을 통해서 정리하고자 하는 것을 명확히 하는 것이다. 좀 더 구체적으로 4MAT에 대하여 설명하면, 'WHY?'형은 이유를 중요시한다.

'WHAT?'형은 개념의 연계나 학습의 대상을 중요시한다, 한편,

'HOW?'형은 구체적인 문제 해결의 방법을 중요시하고, 'IF?'형은 항상 '만약에'라는 가정을 중요시한다. 쉬운 예를 들어 보자. 2024년 목표 중 하나로 '영어 능력 향상'이라는 목표를 세웠다. 4MAT을 활용해 정리해 보자.

*WHY? 왜 해야 하는가? '여름휴가 때 해외여행을 가서 잘 활용하고 싶으니까.'

*WHAT? 무엇을 해야 하는가? '회화 위주로 영어를 익히자.'

*HOW? 어떻게 해야 하는가? '일주일에 3일 회화 중심의 학원에서 해외여행 상황에 맞는 교재를 선택해서 집중 공부를 하자.'

*IF? 만약? '이렇게 회화 중심으로 영어를 공부하면 해외여행에서 외국인과 조금 더 유창하게 대화할 수 있겠지?'

자, 이제 4MAT을 활용해 '나를 탐험하는 여정'의 퍼즐을 맞추어 보자.

1장. 빙산 모델에서 우리의 제한적인 행동 그 이면에 있는 충족되지 못한 욕구를 들여다봄으로써 '왜 우리가 그런 행동을 해야만 했을까?'에 초점을 맞추어 생각해 보았다. 2장. 성장과 전환에서 우리의 지속적인 성장을 방해하는 것이 무엇인지, 우리를 힘들게 하는 것이 무엇인지, 시련과 난관을 극복하기 위해 무엇을 해야 하는지 생각해 보았다. 그것은 변화가 아닌 전환이어야 한다고 했다. 3장. 창조적 대응에서 하위 단계에서 상위 단계로 올라가기 위해 일시 정지 버튼 활용 방법을 제시했고, 4장. 감성 능력(EQ)에서 나의 감정을 잘 들여다보고 감정을 통제하는 방법도 제시했다. 5장. 우수성과 마인드(HPM)에서 뇌파의 패턴을 이해하고 가장 바람직한 의식의 상태를 우리 스스로 조절하기 위한 명상의 방법도 실습했다. 마지막으로 6장에서 만약 구체적인 실행 계획을 세운다면 보다 효과적으로 나를 탐험하는 여정에 도움이 되지 않을까 생각하며 스스로 강력한 의도를 갖고 선언문을 작성했다.

이제 조금 그림이 완성되었는가?

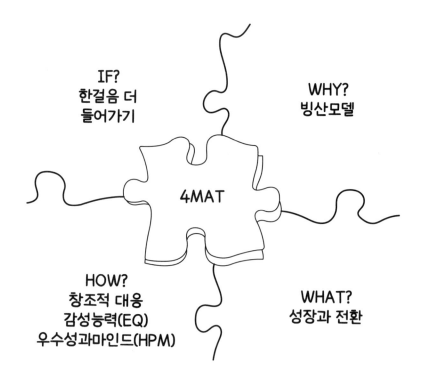

에필로그

한 유명한 원로 작가가 있었다. 이분이 작품 구상도 할 겸, 휴양도 할 겸 해서 남국의 한적한 해변으로 여행을 떠났다. 하루는 해변을 산책하고 있는데, 멀리서 한 청년이 춤을 추고 있는 모습이 눈에 들어왔다. 원로 작가는 궁금했다. 이 더운 해변에서 혼자 기괴한 춤을 추는 사연이 무엇일까? 호기심에 이끌려 그 원로 작가는 한참을 걸어 청년이 있는 곳까지 다가갔다. 그런데 그 청년은 춤을 추는 것이 아니었다. 썰물로 드러난 모래사장에서 불가사리를 한 마리씩 주워 키스를 하고는 멀리 바닷물 속으로 던지는 것이었다. 그 모습이 괴상한 춤을 추는 것처럼 보인 것이었다. 원로 작가는 그동안 살아오면서 이런 모습은 처음 보았다. 결국 청년에게 다가가 물었다. 청년의 대답은 간단했다. 불가사리가 태양 아래에서 말라 죽지 않게 하려고 물속에 던진다는 것이었다. 원로 작가는 기가 막혔다. 아니, 이 해변에 불가사리가 얼마나 많은데 몇 마리나 살릴 수 있다고⋯. 하지만 청년은 당당했다. "선생님 말씀도 맞다. 하지만 적어도 내가 던진 불가사리는 살리지 않았는가? 아무것도 하지 않는 것보다는 낫다고 생각해서 나는 이것을 하는 것이다."라고 말한 청년은 다시 한 마리씩 불가사리를 집어 입을 맞추고는 바다로 던지는 것이었다. 원로 작가는 이 청년의 대답에 자신이 살아온 삶을 돌아보게 되었다고 말한다.

아무리 작은 것이라도 실천하지 않으면 의미가 없다. 그리고 아무것도 하지 않으면 아무 일도 일어나지 않는다. 변화도, 전환도 그리고 성장도 마찬가지다.

지난행이(知難行易)는 "아는 것은 어렵고 행동하기는 쉽다."라는 뜻이다. 그런데 흔히, 이 뜻과는 반대로 지이행난(知易行難), "아는 것은 쉽고 행동하기는 어렵다."라고도 말한다. 즉, '지이행난'은 머리로 이해한다고 해서 몸이 뒤따르는 것은 아니니 상대적으로 실천이 어렵다는 것을 강조한 말이다.

하지만 김구 선생의 휘호처럼 "아는 것은 어렵고 행동하기는 쉽다."를 잘 생각해 볼 필요가 있다. '머리로 이해한다는 것'과 '본질적으로 체득하고 있다는 것'은 다르다.

겉의 의미를 이해하고 수긍함이 아니라, 고민과 사색을 통해 진정한 자기 지식으로 만든다는 것은 어려운 일임이 틀림없다.

"어렵게 알았을 때는 마치 기름종이에 기름이 배어 있듯 이미 온몸이 그 앎에 젖어 있을 것이니 당연히 쉽게 행동으로 나오지 않겠는가?"라는 말을 그저 가벼이 넘길 수가 없다.

그냥 안다는 것과 제대로 아는 것은 다르다.

자기 자신에 대해 아는 것도 마찬가지이다. 자신에 대한 깊은 성찰과 고민을 통해 내면을 제대로 이해한다는 것은 우리 모두의 삶을 좀 더 바람직한 방향으로 이끌어 줄 것임을 믿는다.

나를 제대로 탐험하는 여정은 이제부터다.

모두 준비가 되었는가?

참고 도서 목록

1. 신정길 외 감성경영 감성리더십, 2004, 넥스비즈
2. 다니엘 골만 외 감성의 리더십, 2003, 청림출판
3. 윤영화 외 나는 지적인 사람인가 감정적인 사람인가, 1998, 학지사
4. 존 맥스웰 생각의 법칙 10+1, 2003, 청림출판
5. 피터 센게 제5경영, 1996, 세종서적
6. 빅터 프랭클 죽음의 수용소에서, 1984, 청아
7. 엘프리다 뮐러 카인츠 외 직관의 힘, 2004, 시아출판사
8. 데일 카네기 카네기 인간관계론, 2003, 스몰비즈니스
9. 맥스 랜드버그 코칭 경영의 道, 2003, 푸른솔
10. 혜민 스님, 젊은 날의 깨달음, 2010, 클리어 마인드
11. Diane Dreher 리더십의 道, 2003, 도서출판 대명
12. Barrett,Richard Liberating the Corporate Soul: Building a Visionary Organisation, 1998, Butterworrth-Heinemann Woburn MA,USA
13. Cooper, Robert and Sawaf,Ayman Executive EQ:Emotional Intelligence in Business, 1997, Orion Publishing Group,London, UK

14. Cornelius,Helen and Faire,Shoshana Everyone Can Win:How to Resolve Conflict,1998, Simon and Schuster,Australia

15. Csikszentmihalyi,Mihaly Flow:The Psychology of Happiness, 1992, Rider at Random House Group,London, UK

16. Frankl,Viktor Man's Search for Meaning, 1998, Simon & Schuster

17. Gallwey,Timothy W The Inner Game of Work:Overcoming Mental Obstacles for Maximum Performance, 2002, TEXERE Publishing, London, UK

18. Goleman, Daniel Emotional Intelligence:Why it Can Matter More Than IQ, 1996, Bloomsbury Publishing, London, UK

19. Goleman, Daniel Working with Emotional Intelligence, 1998, Bloomsbury Publishing, London, UK

20. Greenleaf,Robert The Power of Servant Leadership, 1998, Berrett-Koehler,San Francisco,USA

21. Hall, L Michael Secrets of Personal Mastery:Awakening Your Inner Executive, 2000, Crown House Publishing,London, UK

22. Heider,John The Tao of Leadership, 1987, Wildwood House,UK

23. Heifetz,Ronald A Leadership without Easy Answers, 1999, The Belknap Press of Harvard University Press, Cambridge MA,USA&London,UK

24. Jackson, Paul Z and McKergow, Mark The Solutions Focus:The Simple Way to Positive Change, 2002, Nicholas Brealey Publishing, London, UK

25. Jaworski,Joseph Synchronicity:The Inner Path of Leadership, 1998, Berrett-Koehler,San Francisco,USA

26. Kotter, John P The Heart of Change:Real-life Stories of How People Change the Organizations, 2002, Harvard Business School Press,Boston MA,USA

27. Kegan,Robert In Over Our Heads:The Mental Demands of Modern Life, 1994, Harvard University Press,Cambridge MA,USA & London,UK

28. Landsberg,Max The Tao of Coaching, 1996, Harper Collins Publishers, London, UK

29. Senge, Peter M The Fifth Discipline, 1992, Random House, Australia

30. Skiffinton, Suzanne and Zeus, Perry Complete Guide to Coaching at Work, 2000,McGraw Hill Education-Europe

31. Ulrich, Dave;Zenger, Jack and Smallwood, Norm Results-Based Leadership, 1999, Harvard Business Schook Press,Boston MA,USA

32. Wheatly,Margaret J Leadership and the New Science, 1992 Berrett-Koehler, San Francisco, USA

33. Wise, Anna The High Performance Mind, 1995 G P Putnam's Sons, New York, USA